L'ÎLE DES PASSE-MURAILLES
Forêt Farfelue
Stade végétal
Village
Beltaine
Forêt Quasi Normale
Plage d'octroi
Mer Suspendue
Escrime
Bulle vertige
Tir à l'arc
Saut en hauteur
Escrime
Escrime
Aquaplane
Sprint
Lance disque
Saut en longueur
Escrime
TERRAIN DES JEUX DÉCHAÎNÉS

# Victor d'Aboville

## et l'île des passe-murailles

Direction des publications : Stéphanie Baronchelli, Jérôme Bernez-Binder
Direction artistique : Tiphaine Rautureau
Suivi éditorial et maquette : Romain Allais
Correction : Karen Aguinet
Typographies : Victorian Decade – Fontsgood ; Fabula – Geneva

www.gulfstream.fr
Illustré par Tristan Brard


ISBN : 978-2-38349-340-2

**Loi 49-956 du 16 juillet 1949 sur les publications destinées à la jeunesse.**

Edmond P. Roy

# Victor d'Aboville

## et l'île des Passe-Murailles

## 2

### Samsara express

Gulf stream éditeur

# CHAPITRE 1

## Crunchion

En accostant sur la plage de l'Entremondes, le jeune Victor d'Aboville avait retrouvé le moral. Le sortilège d'Amorgen l'avait certes projeté dans le corps difforme de Crunchion, le père de ses amis Lilith et Dimitri, mais il avait ainsi pu échapper aux griffes du terrible Cueilleur d'âmes.

Il espérait à présent récupérer au plus vite son corps de petit garçon et explorer son incroyable don de passe-muraille. S'incorporer dans une autre personne, quel pouvoir fantastique !

Encore que pour l'heure il n'avait pas choisi sa « migration » et, si on lui demandait son avis, il préférerait aller se cacher ailleurs que dans le repoussant Crunchion.

Victor tira la barque sur le sable vert gazon et constata que l'homme à la patte folle disposait d'une force phénoménale.

— Ça doit être trop pratique ! pensa-t-il en soulevant le bord de la chaloupe.

Pour saluer cette performance herculéenne, il fit surgir du sable idée-forme un gradin rempli d'un public admiratif. Mais à sa grande surprise, un applaudissement réel se fit entendre.

— Bravo ! encouragea Kivy en s'approchant avec une mine radieuse.

La trouble apprentie druidesse, voilà bien la dernière personne que Victor espérait croiser !

— Je suis ravie de te voir de si bonne humeur, déclara Kivy. Tu devrais passer au stade végétal, ta force y serait très appréciée !

Victor fut étonné de retrouver l'adolescente telle qu'il la connaissait, spontanée et sans malice. À croire que ce n'était pas la même Kivy qu'il avait aperçue fouillant la cabine du capitaine Jaoba.

— On y va ? proposa-t-elle. Mamourousse se plaint de ne plus rien avoir à cuisiner.

Victor/Crunchion poussa un grognement d'approbation, laissa tomber le canot et son public de sable, puis suivit Kivy.

— Victor devait être bien déçu, supposa-t-elle un peu plus loin. Tu l'as bien ramené sur le continent ?

Victor/Crunchion approuva comme s'il était au courant, mais ne put empêcher ses gros sourcils velus de se froncer de manière interrogative.

— C'est rare qu'un enfant doive repartir pour raison familiale. Amorgen nous a dit qu'il reviendrait dès que possible, mais si quelque chose de grave est arrivé chez lui, pas sûr qu'il puisse…

Victor réfléchit à toute allure. Amorgen avait certainement dit cela pour que sa disparition n'affole pas les autres enfants. Mais alors, le vieux sage était-il déjà au courant des événements de la nuit ?!

Victor ruminait cette question quand ils arrivèrent en haut du village. Il contempla un instant l'étrange spirale que formaient les maisons.

— Tu ne prends pas ta charrette ? s'étonna Kivy.

Victor/Crunchion tourna la tête dans la direction où l'adolescente regardait et découvrit un auvent abritant une charrette en bois verni. Personnalisée comme certaines voitures modernes, elle étincelait par sa peinture noir et rouge et ses ailerons dorés. On aurait dit un char de course romain !

Victor/Crunchion s'approcha pour tirer la lourde carriole.

— Et Macha, elle est malade ?

Kivy s'accouda à la barrière du champ attenant et appela le zébu qui y broutait paisiblement.

— Maa-chaaa ! Elle a l'air d'aller très bien. Mieux que toi en fait…

Comme sur le bateau, Victor eut l'intuition qu'il devait écouter la mémoire de son corps d'accueil. Celle-ci lui fit attraper un harnais sous l'auvent, puis s'avancer vers l'énorme vache aux cornes majestueuses. À travers les longs poils laineux qui recouvraient ses yeux, l'animal observa le pas lourd de Crunchion et, d'instinct, recula.

— On dirait qu'elle ne te reconnaît pas !

Victor/Crunchion essaya de rigoler, mais ne réussit qu'à sortir un grommellement. De son côté, Macha sonda Crunchion de son œil vert et de son œil bleu, le laissa la caresser, lui passer le licol sur la tête, mais refusa de bouger.

— Je ne savais pas qu'elle avait mauvais caractère, s'amusa Kivy.

Déstabilisé, Victor/Crunchion se résolut à amener la charrette devant Macha et, sous les rires de l'adolescente, l'attela. Il parvint à fixer le harnais devant la bosse spectaculaire du cou de l'animal, mais une fois assis sur l'engin rutilant il fut évident que Macha n'avait nulle intention d'obéir.

Victor/Crunchion sentit alors son bras attraper de lui-même une verge sous le banc et la brandir. L'animal se mit aussitôt en marche.

— J'ai bien cru qu'elle t'avait dompté.

Victor/Crunchion bougonna, Macha aussi.

Tirée par l'impressionnant zébu, la charrette entra dans le village de l'Entremondes. À cette heure-ci, le cimetière des passe-murailles paraissait bien calme. Victor/Crunchion frissonna en remarquant les tombes fissurées par le passage du Cueilleur d'âmes. Par quel prodige de bêtise avait-il l'audace de repasser par ici ?

— Tu vas avoir du boulot, mon bon Crunchion, dit Kivy, compatissante. Tu étais déjà parti avec monsieur Verneuil quand cette drôle de tempête a eu lieu, n'est-ce pas ?

Victor/Crunchion acquiesça, tout en se redressant pour vérifier si son petit corps ne gisait pas quelque part. À son étonnement, il découvrit que la chapelle funéraire s'était effondrée sur elle-même.

— La bourrasque a été aussi courte que violente, mais elle a bien abîmé le cimetière et brisé des tas de vitres dans le village. Elle a même effrayé notre chère baleine Aïfé, au point de la faire chanter pendant près d'une heure. Les enfants n'en pouvaient plus !

L'attelage dépassa un hôtel délabré dont l'allure lugubre fit frémir Victor. *L'hôtel des Trépassés*, lut-il sur sa façade. Qui donc pouvait avoir envie de passer une nuit dans un endroit pareil ? Comme si elle avait deviné ses pensées, Kivy lui lança, à la rigolade :

— La prochaine fois que tu bois trop, je te fais dormir là-bas !

Victor/Crunchion ne goûta pas la plaisanterie. Secoué par les mouvements brusques de la carriole sur les pavés, il observait l'unique rue du village s'enrouler devant lui jusqu'à la place Quasi Finale. Il fut étonné de la trouver déserte. Un villageois ou deux se promenaient bien par-ci par-là, mais nulle trace de la foule aperçue lors de son premier passage avec Lilith et Dimitri. Autour de la fontaine, seul un vendeur de légumes attendait le chaland. Victor approcha la charrette en en espérant que l'étalage contienne assez de nourriture pour la Colonie.

— Mais tourne donc ! lui ordonna Kivy. Tu ne sais plus où on va ?

— Hum… Malade, répondit Victor/Crunchion en lui confiant les rênes.

Par ce seul mot, Victor comprit pourquoi Crunchion parlait si peu. Sa gorge déformée rendait douloureux le moindre son émis.

— Ah ! Tu as encore trop bu, conclut l'apprentie druidesse en positionnant la carriole sur un disque en bois large de cinq mètres.

Le rond achevait la spirale de maisons et devait donc se trouver pile au centre du village. Kivy agita la main en direction de la dernière boutique, une confiserie à la vitrine si alléchante que Victor se promit d'y revenir dès qu'il aurait retrouvé son corps. Le confiseur – un moustachu à qui personne n'aurait eu l'idée de voler une friandise – sembla ignorer Kivy, mais donna quelques tours de manivelle à son extrudeuse de pâte de fruits. Aussitôt, Victor sentit la carriole bouger sur place et eut du mal à masquer sa surprise : le disque en bois tournait sur lui-même, s'enfonçant dans le sol jusqu'à un énorme marché caché dix mètres sous terre !

Autour d'une table unique qui reproduisait la spirale de la rue, l'ambiance était très animée. Des commerçants exposaient leurs marchandises et Victor se demanda ce qui empêchait ce marché d'avoir lieu en plein jour. Dimitri lui apprendrait plus tard que l'habitude de troquer à couvert venait de l'époque où le village vivait grâce aux naufrageurs. Nulle magie ni plage d'octroi ne protégeaient alors l'île et il fallait se méfier des armées qui enquêtaient sur la disparition des navires.

Kivy gara la carriole près d'un monceau de victuailles étiqueté *Colonie Fantastique* tandis que Victor/Crunchion observait un nain beugler sur deux bœufs. Tel un agent aéroportuaire, le petit homme exhortait les bêtes à avancer en leur faisant des signes de mains. Mais le couple de bœufs préférant se gratter l'un l'autre à coups de cornes, le préposé dut se résigner à les amadouer avec du foin. Les animaux avancèrent alors, entraînant une corde qui dévissa l'énorme poteau sur lequel reposait la plateforme ronde. Cette dernière reprit ainsi sa place au beau milieu de la place Quasi Finale.

— Je vais récupérer quelques herbes pour Amorgen, dit Kivy en s'éloignant. Je te laisse charger.

Victor/Crunchion s'exécuta sans parvenir à détacher ses yeux de cette caverne insolite. Elle était éclairée par des lanternes contenant chacune un bonzaï et une luciole lumineuse comme celle l'ayant récupéré dans le tunnel près de chez lui. Sous leurs douces lumières, une centaine de villageois négociaient les prix d'une manière aussi absurde que bruyante. Commerçants et acheteurs bataillaient en effet pour, l'un encenser la marchandise, l'autre la dénigrer. En fin de compte, le client finissait toujours par montrer la pièce pendue autour de son cou (laquelle ressemblait à la pièce-invitation de Victor). Le vendeur faisait mine d'en vérifier l'authenticité, puis se résignait à offrir ses produits en maugréant. Ces pièces étaient de vrais sésames !

Quand un villageois était trop chargé, il pouvait directement déposer ses courses chez lui. Il lui suffisait pour cela de se positionner sous sa maison et, grâce à un système de poulies, de descendre un petit monte-charge. Il y plaçait alors sa marchandise et n'avait plus qu'à se hisser avec elle en tirant sur une corde.

— On t'a pas vu hier soir ! brailla un marin à tête de récif. Tu dois avoir une sacrée soif !

L'homme qui venait d'interpeller Crunchion tenait une buvette dans l'arrière-salle. Victor/Crunchion haussa les épaules et tenta la stratégie qui avait marché avec Kivy :

— Malade…

— Rhoo… Foi d'Eddy, c'est parce que t'es en manque !

L'énergumène activa sa tireuse à bière et remplit un verre de la taille d'un arrosoir. Victor examina le liquide bleu offert par le dénommé Eddy et sentit son corps vouloir l'ingurgiter « tout-de-suite-maintenant ».

— Allez, t'as mauvaise mine, ça te fera du bien !

Les papilles de Crunchion frétillaient devant le liquide frais. Son corps n'allait pas résister à la tentation. Vite, il fallait faire diversion ! Crunchion approchait la chope de bière de sa bouche quand Victor songea à lui faire brandir deux doigts.

— Quoi, deux ? s'agaça le bistrotier. Tu en veux deux d'un coup ?

Victor/Crunchion acquiesça, retenant d'une main tremblante celle qui tenait la bière. Et dès qu'Eddy tourna le dos pour lui servir un second verre, il s'empressa de vider le premier dans le caniveau. Un trémoussement horrifié de son corps d'emprunt se traduisit aussitôt par l'éruption d'un rot phénoménal.

— Voilà ! dit Eddy en lui tendant la deuxième chope remplie, là je retrouve mon Crunchion ! Tu sais qu'on compte sur toi cette nuit ?

Victor fit acquiescer Crunchion sans savoir de quoi parlait son interlocuteur.

— Parfait, alors charge vite ta charrette et rejoins-nous à la buvette.

Victor s'éloigna, cherchant à se débarrasser au plus vite de ce second verre, quand une voix connue l'interpella :

— Ne me dis pas que tu bois déjà ! vociféra Lilith en sautant du disque en bois.

— Lilith ! s'enthousiasma Victor/Crunchion.

— Tu m'avais promis de ne plus boire en journée, certifia sa fille en vidant le breuvage dans une grille d'évacuation.

— Papa, poursuivit Dimitri après avoir vérifié que personne ne les observait, peux-tu nous dire si Victor d'Aboville était ou non chez Charles Verneuil hier soir ?

— J'étais ! répondit Victor/Crunchion avec son élocution douloureuse.

— Ça on sait, tu travailles pour lui. Mais Victor, il y était lui ? insista Dimitri.

— J'étais ! répéta Victor/Crunchion.

Dimitri s'impatientait quand Lilith affirma en dévisageant son père :

— Dim, ce n'est pas papa.

— Victor ! déclara Victor/Crunchion.

Lilith comprit d'un coup et leur fit signe à tous deux de se taire.

— Personne écoute, affirma Victor/Crunchion.

— Bien sûr que si, assura Lilith en lui prenant la main.

Partageant ainsi la vision médiumnique de la jeune fille, Victor découvrit avec horreur ce qu'il ne pouvait distinguer seul : un second marché animé par des fantômes aux allures de pirates avait lieu et formait une spirale inverse à celle existante. Certains n'avaient plus de peau sur les os, mais tous troquaient ici et là bijoux et vêtements.

— Jour ?! s'étonna Victor/Crunchion, terrifié.

— Oui, ici ils peuvent sortir le jour. La vibration de ce lieu est… particulière. Il s'y est passé des choses vraiment terribles !

Lilith lui désigna un vieux boucanier décharné qui, l'air de rien, venait de déposer l'une de ses oreilles près d'eux !

— Bon, papa, je t'interdis de boire encore, d'accord ? cria-t-elle près de l'organe espion, faisant ainsi sursauter le fantôme.

Victor/Crunchion acquiesça docilement.

— Allez on t'aide et tu nous ramènes à la Colonie.

À trois paires de bras, il leur fallut peu de temps pour remplir la charrette et ressortir du marché. Ce faisant, Lilith observa les fantômes et s'aperçut que la plupart posaient des questions pour savoir où était passée l'âme de Victor d'Aboville !

À travers la Forêt Quasi Normale, Macha traînait les sabots en tirant la carriole pleine de victuailles et ses quatre passagers tassés sur le siège avant. Les enfants se languissaient de pouvoir se parler librement, mais la présence de Kivy rendait impossible toute discussion de fond.

— Jaoba m'a dit que vous vouliez abandonner les Jeux parce que votre ami Victor était parti, ce n'est pas raisonnable ! C'est une belle preuve d'amitié mais, pour votre équipe et pour lui, la meilleure chose à faire est au contraire de tout donner.

Victor eut chaud au cœur en entendant cela. Dimitri et Lilith tenaient donc à lui ? Cela l'enchanta presque autant que l'incroyable écartement des arbres devant eux.

— Tu as raison, dit Lilith en faisant un clin d'œil à Victor/Crunchion, on s'est emporté un peu vite.

Dans la cambuse du *Beltaine*, Mamourousse aida Victor/Crunchion, Lilith et Dimitri à ranger les victuailles. Ces derniers se désespéraient de se retrouver seuls, car la cuisinière ne cessait de leur proposer quelques aliments délicieux pour les remercier. Quand ils l'entendirent chanter, ils surent qu'elle se mettait à cuisiner et ne risquait plus de se soucier d'eux.

Victor put enfin tout raconter à ses amis : Kivy fouillant la cabine de Jaoba, sa soirée chez Charles Verneuil, puis les horreurs du cimetière des passe-murailles.

— Charles ne peut pas être mêlé à tout ça, affirma Lilith. C'est un homme que je sens foncièrement bon.

— Tombes ! Chapelle ! s'exclama Victor/Crunchion en repensant au cimetière des passe-murailles et à sa terrible rencontre avec le Cueilleur d'âmes.

— Peut-être que ses ancêtres s'appelaient comme lui, avança la jeune fille.

— Il va falloir s'en assurer, affirma Dimitri.

— Et découvrir où sont ton corps et l'âme de papa !

— Dort ? suggéra Victor en touchant sa poitrine.

Lilith apposa sa main sur le cœur de Crunchion, ferma les yeux un instant, puis acquiesça.

— Oui, je la sens, son âme est là, apaisée comme si elle rêvait.

Victor/Crunchion osa alors la question qui le taraudait depuis le matin.

— 'morgen, où ?

— Si Amorgen ne s'est pas encore présenté à toi, avança Lilith, c'est qu'il a ses raisons.

— Il est forcément au courant de ce qui s'est passé, ajouta Dimitri. Il est Celui-qui-parle-aux-arbres, la nature lui confie tout !

— Il craint sans doute d'attirer l'attention en venant te voir.

Victor/Crunchion afficha un air d'incompréhension.

— Nous, reprit Lilith, on est tes enfants, c'est normal qu'on te parle. Mais lui, ça peut éveiller les soupçons. Il espère sans doute te protéger de ceux qui te veulent du mal. Et à ce que j'ai entendu tout à l'heure au marché, trop de fantômes seraient ravis de te balancer pour se faire bien voir du Matador.

— Fais quoi ? demanda-t-il, ébranlé.

— Tu rentres à la maison et tu te fais oublier. En gros, à part livrer le *Beltaine* une fois par semaine et entretenir le cimetière, les gens viennent te chercher quand ils ont besoin d'un coup de main.

— Mais le cimetière, tu le laisses s'entretenir tout seul, précisa Dimitri. Tu n'y retournes pas !

— Hum... grogna Victor, vexé d'être pris pour un débile.

— On vient te voir dès qu'on a trouvé Amorgen.

Lilith et son frère allaient quitter le local à nourriture quand la jeune fille se retourna.

— J'ai de nouveau un mauvais pressentiment. Je sais que mon père traîne parfois avec de drôles de types. Quoi qu'ils te proposent cette nuit, n'y va pas, ça finira mal. Et s'il te plaît, écoute-moi cette fois !

Victor approuva en espérant que Lilith fut une médium qui parfois se trompait.

— Et autre chose, tu vas avoir envie de boire de l'alcool. N'écoute surtout pas cette envie, sinon tu seras ivre et tu risques de te faire repérer en parlant trop.

Vu comme son corps réclamait déjà à boire, ça n'allait pas être simple...

Et c'est ainsi que Victor/Crunchion retourna seul au village à travers la Forêt Quasi Normale. Il laissa Macha le conduire, car elle semblait très motivée pour retrouver son pré au plus vite et connaissait bien mieux le chemin que lui.

Avec un pincement au cœur, il croisa son équipe, les Spinnakers, qui rentrait déjeuner en compagnie des Brise-Lames. Jaoba et mademoiselle Viande ouvraient la route. L'animatrice n'avait plus du tout l'air pincée et gloussait de rire sous les pitreries de la main gantée de Jaoba, sa fameuse *mana*. Le brusque silence des enfants leur fit remarquer la présence de Crunchion.

— Voyons, capitaine Jaoba, hum, hum, reprenez-vous ! intima mademoiselle Viande.

— Ah ! Crunchion, tu tombes bien, se réjouit Jaoba. Tu sais que tes enfants veulent abandonner les Jeux à cause du départ de Victor ? Il faut que tu leur parles.

Mal à l'aise, Victor/Crunchion immobilisa sa charrette.

— Fait ! parvint-il à articuler.

Victor vit le dégoût dans le regard des enfants et le chagrin se réveilla en lui.

— Parfait ! Et ils vont revenir ?

Victor/Crunchion acquiesça.

— Bravo, monsieur Scrunch... euh Scronchion, approuva mademoiselle Viande, vous êtes quelqu'un de... de respectable.

Victor/Crunchion posa son regard bovin sur elle, puis sur les enfants qui l'observaient avec répugnance comme une bête de foire. Seul Hector-Ingmar Delatour, le fameux H.I.D, arborait un petit sourire. Une question lui brûlait les lèvres.

— Elle est où la mère de Lilith et Dimitri ? demanda-t-il avec un air malin.

De petits rires moqueurs se firent entendre tandis que Crunchion restait bouche bée.

— C'est une femme très discrète, finit par répondre Jaoba. Vous ne la verrez sans doute pas.

L'idée que le gardien du cimetière ait réellement pu avoir une femme fit grimacer les enfants, chacun imaginant le physique forcément hideux de cette épouse.

— Bonne journée, Crunchion, conclut Jaoba tandis que les arbres lui ouvraient la route.

La mana fit un signe d'au revoir, Macha l'ignora en détournant fièrement la tête et Victor/Crunchion s'avachit sur son siège, plus déprimé que jamais. Il aurait tellement aimé aller déjeuner sur la plage du *Beltaine* et s'amuser avec les autres enfants. On lui avait promis une Colonie Fantastique, et il se retrouvait bloqué dans ce corps handicapé en proie aux pires dangers…

Après avoir rentré la charrette et remis Macha dans son champ, Victor/Crunchion claudiqua jusqu'à ce qu'il présume être sa maison. Comme les autres habitations du village, la sienne possédait des poutres apparentes en bois noir qui tranchaient avec le tuffeau blanc des murs. En revanche, c'était la seule à ne pas pencher sur l'avant ou sur le côté ; elle paraissait aussi droite que son propriétaire était tordu. Avec ses jardinières de fleurs aux fenêtres, elle aurait même donné envie si elle n'avait été située juste en face du cimetière.

Victor constatait que la « tempête » de la veille avait épargné ses vitres quand il s'immobilisa. À la fenêtre de l'étage, la forme d'une silhouette assise se devinait. Lilith et Dimitri ne lui avaient pourtant pas dit que quelqu'un habitait chez eux. Même s'il était logique que leur mère y demeure, comment diable allait-il gérer cette cohabitation ?

— Bah alors, Crunchion, t'oses pas rentrer chez toi ? l'apostropha un villageois. T'as peur que madame te passe un savon ?

Victor tenta un sourire complice qui, chez Crunchion, se transforma en rictus.

— Tu veux que j'lui parle ? insista le villageois.

Victor/Crunchion se hâta de rentrer dans la maison et referma la porte derrière lui. Le cœur battant, il découvrit un intérieur aussi coquet et délicat qu'un cottage anglais. Des meubles d'inspiration Art nouveau, probablement offerts par Charles Verneuil, remplissaient un intérieur très féminin.

— Madame Crunchion doit être une femme raffinée, comme Lilith, se dit Victor en envisageant l'étage.

Rassemblant son courage, il s'aida de la rampe pour gravir les marches jusqu'à apercevoir un dos imposant, celui de la femme de Crunchion.

— 'jour, articula Victor/Crunchion la peur au ventre.

Mais son épouse ne broncha pas. Victor eut alors une sinistre intuition. Il tendit le bras et… au moment où il la toucha… Horreur ! Madame Crunchion tomba par terre et sa tête roula au sol, dévoilant sa face de mannequin en papier mâché ! Victor/Crunchion retint un hurlement. Quelle était donc cette mascarade ? Crunchion avait-il tué sa femme et fait croire à sa bonne santé en exhibant à la fenêtre un épouvantail endimanché ?!

Paniqué à l'idée de se trouver dans le corps d'un véritable monstre, Victor décida de fouiller les bribes de mémoire auxquelles il sentait avoir accès. Après s'être assis dans le rocking-chair où se trouvait le mannequin, il ferma les yeux et inspira.

Aussitôt des flashs décousus lui parvinrent. Tout d'abord celui d'un jeune enfant se coiffant devant un miroir. Dans le reflet, le bambin était aussi mignon que joyeux. Victor eut l'étrange impression qu'il s'agissait de Crunchion, mais cela semblait impossible.

Sans prévenir, un autre flash s'imposa, celui de Crunchion, âgé d'une dizaine d'années, tourmenté par des enfants devant l'école du village. À l'appel de la cloche, eux et leurs rires cruels finissaient par rentrer dans l'enceinte de l'établissement, mais lui préférait s'éloigner. Dans le reflet d'une vitrine, Victor aperçut son physique d'alors, cabossé, presque autant que celui d'aujourd'hui. Que diable s'était-il donc passé pour qu'un enfant gracieux devienne ainsi difforme ?

L'image de Crunchion adolescent interrompit la réflexion de Victor. Il travaillait dans les champs tout en observant béatement une jeune paysanne. D'un coup des hommes surgirent et se mirent à le rouer de coups en le traitant de vicelard qui offensait leur sœur.

Victor rouvrit les yeux, choqué. Quelle vie terrible avait eue cet homme au physique gondolé !

Le jeune passe-muraille aurait bien aimé arrêter là son exploration, mais il n'avait toujours pas de réponse concernant sa femme. Il referma donc les yeux et discerna le souvenir de Crunchion volant dans le marché caché. Pris en flagrant délit par des marchands, il partait en pleurant sous le jet de légumes pourris. Il allait être banni quand un homme s'interposa : Charles Verneuil !

Ému, Victor le vit sauver Crunchion en le prenant à son service. Quel homme de grand cœur il était ! Comme il avait tort de le soupçonner !

C'est alors qu'un nouveau flash surgit. Crunchion, la quarantaine, découvrant un voilier échoué sur la côte. À l'intérieur, entre les effets personnels de gens aisés, un blondinet d'un an jouait dans son hamac-landau près d'un nouveau-né inconscient. Crunchion se précipita et, avec la délicatesse d'une mère et le savoir d'un homme de la terre, parvint à ranimer le bébé. Les deux enfants conquirent aussitôt son cœur… qui s'affola à l'idée qu'on puisse l'empêcher de garder ces cadeaux du ciel. Le soir même, l'aspirant annonça à Charles Verneuil :

— Femme !

— Tu voudrais trouver une compagne, mon bon Crunchion, c'est cela ?

— Trouvé !

Charles Verneuil marqua un instant de surprise.

— Tu en as trouvé une ? Merveilleux ! Quand me la présentes-tu ?

— Timide, elle !

Et c'est ainsi que Crunchion ne présenta jamais sa femme, ni à Charles Verneuil ni à personne. Elle était si timide… qu'elle n'existait pas. Et le gardien du cimetière se contenta de la faire vivre aux fenêtres de sa maison. Le mystère qui entourait cette femme devint vite un sujet de raillerie dans le village.

— Elle va bien, ta femme, Crunchion ?

— Alors, Crunchion, encore fait la noce avec Titine hier soir ?

Tous ces persifleurs furent bien surpris quand, un an après, Crunchion sortit de chez lui avec deux enfants en bas âge. Le mystère de leur naissance resta un détail à côté de l'énorme choc que reçurent les villageois. Crunchion avait réellement une femme et maintenant des marmots !

En soi, Victor n'était pas surpris que Crunchion ne soit pas le vrai père de Lilith et Dimitri. En revanche, il était impressionné par les trésors déployés pour garder ces enfants trouvés. Trésors de raffinement pour transformer sa rustre demeure en foyer chaleureux, mais aussi trésors d'inventivité pour faire vivre une femme qui n'existait pas et, au départ, élever en secret de jeunes enfants. Des images s'imposèrent encore à son esprit : Crunchion doublant les murs de chez lui pour atténuer les bruits des bébés ; Crunchion transportant ces derniers, cachés dans sa charrette, pour les sortir au soleil à l'autre bout de l'île ; ou encore Crunchion dansant le soir avec sa femme-mannequin pour être vu de la rue. Il lui avait donc fallu bien se battre pour arracher un peu de bonheur à cette vie handicapée par un physique de monstre…

Pourtant, même ces joies ne suffisaient pas à tenir à distance les assauts de tristesse. Elles revenaient par vague et, lorsque la nuit tombait, la mélancolie de Crunchion s'amplifiait de manière insupportable. Derrière l'envie de boire des litres d'alcool, Victor perçut le besoin de noyer son chagrin.

Las que son propre esprit oscille entre la Buvette Souterraine et le Bar Quasi Normal, le jeune passe-muraille récita une bonne vingtaine d'*acceleratus maturitate* pour tenter de fuir son improbable situation. Mais à son grand regret, rien ne se passa. Il se sentit au contraire plus ancré que jamais dans le corps du pauvre Crunchion.

Et alors qu'il songeait au désespoir de son propre père lorsqu'il découvrirait la disparition de son fils, il se rendit compte que son hôte avait de lui-même quitté sa maison et s'approchait du Bar Quasi Normal. Victor ne trouva pas la force de le retenir d'entrer.

# CHAPITRE 2

## Une nuit quasi normale

L'endroit ressemblait à une taverne biscornue décorée par les trophées des naufrageurs d'antan. On y admirait médailles et œuvres d'art de tous les continents, armes et tabatières de tous les pays, animaux empaillés de toutes les régions.

En s'approchant du comptoir, Victor comprit en quoi ce bar n'était pas complètement normal. Même la serveuse aurait eu sa place dans un cabinet de curiosités. Vêtue d'une tenue gothique très décolletée, elle fixa Victor/Crunchion avec un œil unique situé au milieu de son front. Victor eut du mal à soutenir ce regard de cyclope et baissa les yeux sur le zinc. Sur celui-ci, un singulier jeu de cartes l'attendait, face cachée.

— Alors, y prendra quoi le Crunchion ?

Victor hésita, mais comprit à l'œil insistant de la barmaid qu'il lui fallait tirer des cartes. Il en prit cinq au hasard, puis les lui tendit.

La main d'un homme intercepta le tirage.

— Ouh là là, doucement, faut rester lucide ce soir !

Eddy enleva deux cartes et tendit les trois autres à l'employée, qui les interpréta avec un air de connaisseuse.

— Il va envoyer celui-là ! déclara-t-elle en saisissant des biberons en verre pour en traire quelques gouttes.

Des liquides d'aspect louche atterrirent dans une chope et firent des bruits cocasses en se mélangeant.

— Tu sais qu'on a du travail tout à l'heure ? reprit Eddy.

Pour toute réponse, Victor/Crunchion saisit le cocktail et, malgré ses inquiétants *pshiits* et *tshuuts*, s'apprêtait à le boire cul sec quand Eddy le lui piqua des mains. À la première gorgée, ses yeux cillèrent et sa bouche s'entrouvrit, laissant ressortir un léger halo de fumée.

— Ce cocktail, je crois que je vais l'appeler le Volcano ! dit la mixologue satisfaite.

— Pas sûr qu'il passe le matin, commenta Eddy après s'être essuyé une suée au front. Et même après le travail, pas sûr non plus…

— Pas venir, déclara Victor/Crunchion, tout en reluquant le Volcano avec des yeux de cocker.

— Comment ça, pas venir ? rigola Eddy avant d'écarter le verre, mais tu n'as pas le choix, sinon plus d'alcool !

Machinalement, Victor chercha la pièce que tous les habitants avaient autour du cou et qui leur servait pour payer.

— Tu cherches quoi !? Eh les gars, brailla Eddy, y a Crunchion qu'est déjà tellement fait qu'il cherche sa pièce-habitation !

Des ricanements se firent entendre dans le bar.

— T'as oublié que t'en as plus depuis ton « bannissement » ? C'est triste d'être le seul de l'île à pas en avoir, pas vrai ? Allez, je t'offre un autre verre.

Mais Victor, qui avait bien en tête l'avertissement de Lilith, insista :

— Pas venir.

Eddy lui colla une tape sur la main au moment où elle piochait de nouvelles cartes. Celles-ci s'éparpillèrent derrière le bar, ce qui navra Crunchion.

Le créancier prit alors le temps d'évaluer la situation, puis, sournois, approcha le Volcano du nez de Crunchion.

— Tu veux pas venir ? On en reparle dans deux heures quand tu ramperas devant moi pour que je verse une gorgée de bière dans ta bouche de gueux ?

Tout le corps de Crunchion hurlait d'envie. Au fond, aider son « ami » une fois de plus, quel mal à cela ? Sans crier gare, sa main attrapa le cocktail et Victor eut juste le temps de lui faire dire une dernière fois :

— Pas venir !

Furieux, Eddy renversa le verre sur Crunchion, puis fit signe à deux marins aussi larges que féroces de le saisir.

— Sois à la crique à minuit ! vociféra-t-il.

Non sans mal, les deux acolytes éjectèrent Crunchion hors du bar. Victor eut alors besoin de quelques secondes pour retrouver ses esprits. Mais, sentant son hôte prêt à courir à la Buvette Souterraine, il se résolut à retourner chez Charles Verneuil. Après tout, Crunchion travaillait là-bas. Peut-être pourrait-il y apprendre des choses sur la mystérieuse chapelle funéraire et ses multiples pierres tombales gravées au nom de Charles. Voire… y trouver des traces de son petit corps perdu !

Serrant les dents pour empêcher sa langue d'aller lécher sa vareuse imbibée d'alcool, Victor vérifia l'heure. Le créneau du Matador était encore loin

— Entre minuit et quatre heures quatre, je serai bien blotti au fond de mon lit, se promit-il en clopinant vers le manoir.

Le passage devant le cimetière des passe-murailles et la demeure de Charles terrifièrent Victor, mais ce ne fut rien à côté de l'ascension de l'escalier à la lueur d'un chandelier vacillant et sous le regard des ancêtres Verneuil. Le jeune garçon était épouvanté car, sans pouvoir le constater visuellement, il savait cette maison hantée. Des bruits étranges s'échappaient de-ci de-là et des courants d'air inexplicables éteignaient les bougies de son chandelier. Heureusement, celles-ci se rallumaient toujours en crépitant façon bougies d'anniversaire.

Arrivé au dernier étage, Victor retrouva le salon où il avait dîné la veille. Tant d'événements avaient eu lieu depuis…

Sans les candélabres allumés, l'endroit était beaucoup moins accueillant, voire aussi effrayant que le reste de la maison. Mais Victor garda le cap, rattrapa le corps de Crunchion fasciné par le bar du buffet et le dirigea vers le coin bibliothèque. Il parcourut les livres, s'étonna de l'ancienneté de leur couverture et l'exotisme de leurs langues – peu étaient écrits en alphabet latin –, puis se réjouit en s'emparant de l'ouvrage intitulé *Famille Verneuil.*

— Bingo !

Il s'approcha de la fenêtre pour le consulter à la lumière de la lune et, jetant machinalement un œil au cimetière, aperçut des tombes fissurées. Aussitôt, la mémoire de son hôte se réveilla.

La nuit précédente, alors qu'il s'apprêtait à emmener Charles Verneuil sur le continent, Crunchion était revenu, sur les ordres de son maître, récupérer un document oublié. Une fois la tâche accomplie, il allait repartir lorsqu'un spectacle l'avait captivé.

Au milieu des tombes fissurées, le vieil Amorgen s'était avancé d'un pas décidé. L'air furieux, il avait brandi son bâton prolongé d'une serpe et dessiné des cercles vers le ciel.

Dans les cieux étoilés, Crunchion avait alors vu des nuages se former, puis une dépression se creuser. Elle avait tourné sur elle-même au rythme des mains du druide, lesquelles avaient accéléré jusqu'à ce que de petits éclairs apparaissent. Amorgen avait prononcé des paroles magiques comme s'il grondait quelqu'un et, l'instant d'après, un éclair grandiose avait foudroyé la chapelle funéraire de Charles Verneuil. Celle-ci s'était fendue en deux, puis effondrée sur elle-même.

Amorgen avait bouché le passage par lequel était venu le Cueilleur d'âmes !

Essoufflé, le vieux sorcier s'était repris. Les nuages ne s'étaient cependant pas encore dissipés qu'il traçait déjà, à l'aide de sa serpe, des signes mystérieux autour de la chapelle en ruine tout en proférant des sentences dans une langue inconnue. Enfin, il avait jeté un regard de défi dans la direction de la tombe du Matador et, satisfait, avait quitté le cimetière.

Victor eut besoin de quelques secondes pour prendre la mesure de cet épisode. Amorgen était donc venu au cimetière et avait sans doute mis à l'abri son petit corps avant de détruire la porte du Cueilleur d'âmes. Comme il avait raison de faire confiance à son puissant protecteur !

Soulagé, Victor/Crunchion quittait la maison de Charles Verneuil lorsque l'horloge sur le beffroi de la ville sonna les douze coups de minuit.

S'apercevant qu'il ne lui restait que douze minutes pour se mettre en sécurité, il se hâta de rentrer chez lui et ferma la porte à double tour.

Il s'écroula dans le fauteuil à l'étage et put enfin consulter le livre sur la famille Verneuil. Leur arbre généalogique lui apprit que, comme Lilith l'avait envisagé, les Verneuil mâles s'appelaient tous Charles de père en fils depuis près de deux siècles ! Nulle trace de diablerie ici, et cette bonne nouvelle acheva la première journée de Victor dans son corps d'emprunt. Il ne tarda pas à sombrer dans un sommeil mérité, bien que perturbé par un rêve récurrent dans lequel Crunchion chassait avec un arc. L'homme maîtrisait fort bien cette arme, mais finissait toujours par traquer un animal à tête d'enfant à lunettes…

# CHAPITRE 3

## L'archer du cœur et les vents foufous

À l'aube, Victor se réveilla paniqué. Il constata avec déception qu'il se trouvait toujours dans le corps de Crunchion et que celui-ci ne hurlait qu'une chose : SOIF !!

Victor étira son douloureux corps plein de rhumatismes – quelle plaie une carcasse de vieil alcoolique ! – prononça en vain dix *acceleratus maturitate*, puis, résigné, alla boire de l'eau. Cela contenta bien peu Crunchion. Une chape de tristesse l'envahit de nouveau et l'appel de l'alcool redevint impérieux. Il fallait réagir. Le jeune garçon prit alors une décision : suivre son envie de retourner aux Jeux déchaînés !

Kivy ne lui avait-elle pas dit que sa force pouvait être appréciée là-bas ? Pourquoi ne proposerait-il pas son aide ?

L'idée était inconcevable pour Crunchion, mais pas pour Victor qui avait tant besoin de retrouver ses amis.

Lorsque l'équipe des Tapeculs arriva au stade végétal, Crunchion tirait à l'arc sur l'aire de touche dédiée. Se souvenant de son rêve où son corps excellait avec cette arme, Victor avait voulu l'essayer et constatait avec bonheur sa réelle maîtrise.

De loin, les enfants commencèrent par se moquer du pachyderme, puis observèrent avec étonnement les flèches de Crunchion. Fusant avec force, elles étaient certes perturbées dans leur course par les vents foufous, réalisant ici un looping, là une courbe incongrue, mais elles finissaient presque toujours dans la cible. Celle-ci, faite en paille serrée et ornée d'une spirale noire, oscillait comme le balancier irrégulier d'une horloge. Elle montait parfois haut sur son axe, et s'élevait d'autres fois à peine, s'arrêtant en l'air, puis repartant d'un coup. Entre les vents foufous et le mouvement de la cible, il était presque impossible d'anticiper le résultat d'un tir. Mais Victor s'éclatait, adroit et fort comme jamais dans un sport.

— Monsieur Crunchion, dit Titi, l'animateur des Tapeculs, en s'approchant. Crunchy, je peux vous appeler Crunchy ? Ça fait plus *trendy*, vous ne trouvez pas ?

Victor/Crunchion débanda son arc.

— Pourriez-vous nous laisser la place, s'il vous plaît ? Je dois briefer ma *team*.

Victor/Crunchion se mit sur le côté, en observation. Sa présence gênait l'animateur et les enfants, mais Victor décida de ne pas partir.

— Alors, les cocos, c'est très simple, regardez mon geste, il faut juste être ancré dans la terre et bien viser. Ici nous avons des vents foufous qui soufflent de manière assez *oufouf* ! Mais si vous êtes fort fort concentré, ça passe ! affirma-t-il avant de décocher nonchalamment sa flèche.

Les vents foufous l'accélérèrent, lui firent faire un double looping, puis la plantèrent dans le sol, provoquant l'hilarité des enfants.

— Ça va, hein ! Ça peut arriver à tout le monde, dit l'animateur vexé. Bon, Nathanaël, au lieu de t'ébaudir, viens donc faire le show.

La séance se déroula pendant une heure sous les conseils désastreux de l'animateur en herbe. À la pause, Victor/Crunchion tenta sa chance et s'approcha de Titi :

— Te montre.

— Euh… Ça va aller, m'sieur Crunch', hein. Je pense avoir *bien* assez d'expérience pour *toper* ma *team*.

Pris de haut, Victor/Crunchion hésitait à insister lorsqu'une petite fille nommée Melinda vint vers lui.

— Moi je veux bien que tu me montres.

Ravi, Victor/Crunchion corrigea la posture de départ de la fillette.

— Tire avec cœur, lui dit-il lorsqu'il jugea sa position correcte.

Melinda ferma les yeux avant de libérer sa flèche. Les vents foufous la plaquèrent presque au sol, puis la relevèrent au dernier moment pour la planter en bas de la cible mouvante. Depuis le matin, c'était le premier enfant à l'atteindre ! Aussitôt les autres Tapeculs se levèrent et pressèrent Crunchion de les aider à leur tour. Celui-ci se tourna vers un Titi dépité et lui lança :

— J'aide !

Titi réfléchit et estima que cette proposition lui permettrait de pallier son incompétence.

— OK, Crunch-Crunch, tu t'essaies à la pédagogie et, si tu es bon, je te nommerai anim-adjoint !

Une onde de joie parcourut le corps de Victor/Crunchion. Tour à tour, les enfants empressés furent coachés avec des résultats inégaux mais positifs. Ce qui toucha le plus Victor, ce fut de voir le regard de ces jeunes évoluer. Sa laideur et sa difformité rebutaient toujours au départ, mais s'oubliaient peu à peu. Des enfants touchèrent même les bosses de son visage, lui demandant si elles lui faisaient mal et pourquoi il était ainsi cabossé. Victor/Crunchion répondait avec peu de mots et de manière évasive, mais la barrière était bel et bien rompue.

À midi, les Tapeculs insistèrent pour que Crunchion vienne déjeuner avec eux. Celui-ci préférait s'abstenir, mais fut finalement entraîné par Dimitri et Lilith qui l'avaient rejoint, euphoriques. Sur le chemin du retour, Victor comprit la raison de leur émotion.

— Tu te souviens de mon mauvais pressentiment pour l'autre nuit ? lui dit Lilith. Eh bien, Eddy, le barman, il est mort !

Victor eut la nausée en apprenant la nouvelle.

— Lui et un de ses amis se sont noyés en mer. Ils se sont fait surprendre par les garde-côtes alors qu'ils essayaient de piller un bateau de marchandises.

Victor se remémora combien il avait eu du mal à refuser la demande d'Eddy.

— Je ne sais pas comment tu as fait, mais je suis sûr que notre père n'aurait pas résisté. On te doit certainement sa vie !

— De notre côté, on a réussi à parler à Amorgen, enchaîna Dimitri. Il nous a dit que tu ne devais pas t'inquiéter car ton corps d'enfant est protégé par l'épélastique ensorcelée. Rien ne pourra arriver à ton enveloppe charnelle tant que tu ne l'auras pas réintégrée.

— Où, corps ?

— Il n'en sait rien. Les arbres étaient gelés par la venue du Cueilleur d'âmes, ils n'ont rien pu lui dire. Et quand il est arrivé, ton corps avait déjà disparu !

Cette nouvelle accabla Victor. La situation n'était donc pas aussi maîtrisée qu'il l'avait espérée.

— Ce qui est sûr, c'est que ton âme est plus en sécurité dans ce corps que dans le tien.

— Super... commenta Victor/Crunchion en grimaçant. Longtemps ?

— Amorgen n'en a pas parlé, regretta Lilith. Et en plus il a dit qu'il partait quelques jours pour vérifier une chose « cruciale ».

Comprenant qu'il ne pouvait plus faire marche arrière, Victor eut soudain envie de pleurer. Pourquoi diable n'avait-il pas écouté son papounet d'amour en restant sagement chez lui ?

Le jour même, Titi obtint de Jaoba la permission de prendre Crunchion comme assistant. Quand les autres équipes l'apprirent, bien des bêtises furent dites, mais la compétence de Crunchion s'imposa vite aux yeux de tous et les autres animateurs réclamèrent qu'elle soit mise au service des équipes de manière équitable. L'homme-monstre devint ainsi animateur de tir à l'arc et prit l'habitude de venir partager son repas du midi avec les enfants de la Colonie Fantastique.

— Tu sembles épanoui comme notre père ne l'a jamais été, constata un jour Lilith.

— Bois plus, ris !

— Papa t'en remerciera. Le rire et la joie lui manquent tant…

Victor vit dans cette remarque une perche tendue. Depuis qu'il avait eu accès à certains souvenirs de ce corps, il hésitait à confier à Lilith que Crunchion n'était pas son père.

Il marmonna alors quelques mots maladroits qui, additionnés à ses problèmes d'élocution, se transformèrent en onomatopées. Par sa finesse d'esprit, l'habile médium saisit tout de même le propos en creux.

— T'inquiète, je suis déjà au courant. Par contre Dimitri ne le sait pas, alors bouche cousue. Je ne suis pas sûre que ça soit le meilleur moment…

Victor/Crunchion approuva, soulagé de ne pas devoir annoncer ça à son nouvel ami.

— Dis donc, tu poques sacrément, l'informa Lilith. Tu veux pas te laver un peu ?

Victor/Crunchion fit une mine gênée.

— Peur.

— Tu as peur de te laver ?

— Nu ! s'écria-t-il, horrifié.

— Tu veux pas te voir nu ? Eh bien, tu te passes un gant vite fait, insista-t-elle. Certains enfants ne parlent plus que de ton odeur…

Victor/Crunchion envisagea alors à une solution radicale. Sous le regard amusé de Lilith, il courut tout habillé dans la mer, se frictionna vigoureusement, puis revint se sécher sur la plage. Pour Victor, le partage d'intimité avait ses limites !

Deux semaines plus tard, Victor/Crunchion rentrait chez lui sous une pluie battante. Les averses n'étaient jamais désagréables l'été, car elles étaient toujours tempérées et les gouttes rebondissaient plusieurs fois avant d'éclore. Presque sec même sans parapluie, Victor se contentait d'éviter les flaques d'eau les plus grosses. Sans sa jambe handicapée, il les aurait même sautées à pieds joints tant il était revigoré par les progrès et les sourires des enfants reconnaissants. Ces derniers avaient insisté pour qu'il participe à la Fête des 40 jours annonçant le décompte précédant les Jeux déchaînés. Mais après hésitation, il avait finalement décidé d'écouter la fatigue de son corps usé par la vie.

C'est alors qu'il découvrit une bonbonne de vin devant sa porte. Un petit mot était accroché au panier d'osier qui l'habillait. Victor put y lire : *En mémoire d'Eddy, de la part de ses amis.*

Victor/Crunchion regarda autour de lui, mais ne vit personne. Il contourna la grosse bouteille de cinq litres et s'empressa de rentrer chez lui. S'installant dans le salon, il réfléchit. Comment aider son hôte à se dépêtrer de ce qui ressemblait bien à un piège fomenté par les amis d'Eddy ? Ces derniers voulaient certainement réactiver sa dépendance à l'alcool pour qu'il redevienne leur obligé. Un sentiment d'abattement l'envahit alors. Il imaginait malgré lui l'odeur du vin et cela lui rappelait celui que son père aimait boire. Il repensa alors à son petit corps, perdu, peut-être abandonné au beau milieu d'une plaine sauvage, offert aux becs de corbeaux voraces. L'épélastique d'Amorgen était-elle assez puissante pour résister à la puissance du Cueilleur d'âmes ?

Le souvenir de Crunchion enfant lui revint également à l'esprit. Lui était beau comme un prince puis s'était transformé en crapaud. Un trou noir empêchait Victor d'accéder aux souvenirs précis de cette époque, mais se pouvait-il qu'il ait été un enfant passe-muraille bloqué dans ce corps de monstre ? En ce cas, la même chose ne risquait-elle pas de lui arriver ? Resterait-il coincé à vie dans le corps de Crunchion ?

Déprimé, il laissa son imposante carcasse se soulever d'elle-même et rouvrir la porte d'entrée. Ses mains saisirent la bonbonne sans qu'il ne trouve en lui la moindre volonté de s'y opposer…

Sauf que, contre toute attente, Crunchion ne but pas, il déversa le vin dans le caniveau de la rue ! Victor en fut stupéfait. Car ce n'était pas lui qui avait provoqué ce mouvement, mais bien le corps de Crunchion lui-même !

Pour la seconde fois de sa vie, l'inconscient de Crunchion venait de prendre une vraie décision pour son propre bonheur. Victor se réjouissait pour lui quand une impression de légèreté l'envahit. Il remarqua une chaleur autour de son front. C'était la sensation d'énergie qu'il percevait quand il était dans son corps d'enfant ! Jamais il ne l'avait ressentie dans celui-ci. Il ferma alors les yeux, murmura un *acceleratus maturitate* plein d'espoir et se sentit aussitôt tomber dans le vide…

# Chapitre 4

## Hector-Ingmar Delatour et la prophétie

La chute fut à la fois si lente et si longue que Victor en perdit toute notion de temps et d'espace. Et quand il atterrit, son soulagement fut pour le moins bref. Il rouvrit les yeux… et n'eut qu'une envie : les refermer !

— T'inquiète, chéri, minuit vingt, il va pas tarder ! lui clama une lolita version sorcière, yeux et nez en moins, dans le vacarme d'une taverne hantée.

Victor tressaillit et en perdit le monocle au travers duquel il regardait. L'endroit devint aussitôt désert, comme si la foule de damnés qui s'y trouvait l'instant d'avant n'avait été qu'une hallucination. Assis à une table perchée sur une estrade, il faisait face à la seule âme plus ou moins vive du lieu : un obèse aveugle dont les yeux tout blancs ne cessaient de bouger comme s'ils cherchaient la lumière. Derrière son bar, l'homme aux allures de boucher servait des verres à des clients invisibles. Par réflexe, Victor envisagea la sortie et reconnut avec effroi la porte de l'auberge. Pas de doute, il se trouvait dans le sinistre hôtel des Trépassés !

Son regard épouvanté parcourut la grande salle en bois cernée par deux escaliers qui menaient aux chambres, puis croisa son propre reflet dans le miroir du bar. Nouveau choc : Hector-Ingmar Delatour le dévisageait avec un air hagard !

Considérant ses bras musclés, le jeune passe-muraille constata que son âme avait migré dans le corps d'un nouvel hôte, celui de H.I.D !

Nerveux, Victor/H.I.D replaça le monocle sur son œil et distingua de nouveau les spectres. De manière tout aussi surprenante, son ouïe s'adapta à sa vue et il entendit les fantômes beugler.

— Bah t'en fais une tête, coco, dit la lascive lolita qui venait de réapparaître. C'est quoi donc qui te fait perdre ta superbe ?

Victor/H.I.D ôta le monocle et retrouva l'endroit désert. Fébrile, il rechaussa le lorgnon médiumnique et l'envers spectral reparut.

— Bon… il va… il va falloir que j'y aille, balbutia-t-il.

— Mais non voyons, fait pas l'farouche, j'te dis qu'il arrive !

À qui donc le trouble H.I.D avait-il pu donner rendez-vous dans ce lieu sordide ?! Victor était trop terrifié pour réussir à fouiller la mémoire de son hôte.

— Tu veux un verre pour t'calmer l'palpito, mon chou ? Ça serait dommage d'faire une crise cardiaque ici ! s'esclaffa la serveuse en se tournant vers le comptoir pour commander.

Victor remarqua alors que le cuistot aveugle servait un verre à un fantôme qui ressemblait à… Eddy, l'ancien *pote* de Crunchion !!

— Non non, merci, ça va aller, dit Victor/H.I.D en constatant combien son nouveau corps n'avait aucune envie d'alcool. Mais… qui sont tous ces… gens ?

— Tu m'prends pour une guide touristique ?

— Je me demandais, c'est tout.

— Des morts récents, qui viennent séjourner ici avant de changer de monde.

— Changer de monde ?

— Sauf malédiction particulière, un fantôme se réincarne toujours dans un monde. Celui-ci ou un autre, selon son karma. Mais nous les Corrupteurs, on essaie de les faire gagner la Cause…

— La Cause ?

— Rhoo, joue pas l'idiot avec moi, dit-elle avec un sourire perfide.

Victor/H.I.D acquiesça pour donner le change, comme il en avait pris l'habitude avec Crunchion.

— Et lui, là, il va la servir, la Cause ? dit-il en désignant Eddy.

— Eddy n'est pas bête, il sait que l'heure est bientôt venue et qu'il vaut mieux en être…

Victor frissonna en se demandant de quoi elle parlait.

— Et toi, mon chou, comment tu penses servir la Cause ? C'est pour ça qu't'es venu, pas vrai ?

Toujours en panique, Victor n'arrivait pas à accéder aux souvenirs de H.I.D. Mais la lolita n'insista pas, car elle se mit à scruter la porte d'entrée avec inquiétude.

— Bonne chance, mon joli. Moi à ta place, j'aurais jamais craché sur les règles de la Colonie Fantastique…

Alors qu'il l'observait filer à l'étage, Victor se remémora avec angoisse ces règles énumérées par Jaoba :

ne jamais quitter la Colonie la nuit, ne jamais aller dans le cimetière après minuit et… ne jamais, jamais, aller dans l'hôtel des Trépassés. Pourquoi avait-il donc toujours eu autant de mal à respecter les règles ?!

Mais il était trop tard pour regretter quoi que ce soit car, dans le brouhaha général, Victor distingua le sifflement d'une mélodie irrésistible. Peu à peu, tous les spectres s'immobilisèrent, médusés par la beauté du chant.

La lourde porte s'ouvrit et, tel Louis XIV à Versailles, le Matador apparut au beau milieu de l'auberge. Superbe dans son habit de lumière brodé de gris, il passa entre les fantômes en déclamant de sa voix caverneuse :

— *Mais parmi les chacals, les panthères, les lices,*

« *Les singes, les scorpions, les vautours, les serpents,*

« *Les monstres glapissants, hurlants, grognants, rampants,*

« *Dans la ménagerie infâme de nos vices,*

« *Il en est un plus laid, plus méchant, plus immonde !*

Le torero prenait son temps, mais s'avançait l'air de rien vers un Victor/H.I.D pétrifié.

— *Quoiqu'il ne pousse ni grands gestes ni grands cris…*

Il monta les trois marches qui menaient à l'estrade…

— *Il ferait volontiers de la terre un débris…*

… approcha son visage de celui de H.I.D.

— *Et dans un bâillement avalerait le monde.*

« *C'est…*

— *L'Ennui*[1], dit malgré lui Victor/H.I.D en fermant les yeux.

---

1. Baudelaire, *Les Fleurs du mal*

Le mot avait jailli tout seul, échappé de la mémoire de H.I.D qui, sous le stress extrême, avait fini par s'entrouvrir. Le Matador le fixa, surpris, puis s'assit face à lui.

— Est-ce « l'ennui » qui te fait renoncer à la vie, jeune homme ?

Victor était épouvanté. Si le Matador sondait ses peurs, il comprendrait sans doute à qui il avait affaire. Le corps de H.I.D bénéficiait heureusement d'un sang-froid extraordinaire qui, malgré sa terreur, lui permit de s'exprimer avec calme et assurance.

— Je ne suis pas là pour renoncer à la vie, je suis là pour devenir l'Hôte Parfait, Puissant et Unique, annonça-t-il alors que sa mémoire d'emprunt se décadenassait peu à peu.

— Hum, hum… Belle arrogance… Qui au mieux ne fait que t'arrimer à la médiocrité ambiante. Tu rêves d'être l'Élu, mais qui a donc pu te le faire croire ? Ton père ?

— Je suis comme lui, la jeunesse en plus, affirma Victor/H.I.D sans ciller.

— Il portait bien au visage la même assurance fate. Et tu admettras qu'elle n'a pas fait que lui réussir.

— Mettez-moi à l'épreuve, déclara Victor en ignorant ce que pouvait bien être cette histoire d'Élu et d'Hôte Parfait, Puissant et Unique.

— Penses-tu qu'il puisse en être autrement ?

L'humilité semblant de mise, Victor/H.I.D fit un signe négatif et baissa la tête.

— Tu t'adaptes… Enfin une preuve d'intelligence. Pour la peine, je t'autorise à me poser une des nombreuses questions qui te brûlent les lèvres.

Victor devina le péril derrière l'opportunité. Il ne pouvait poser de question sur ce que H.I.D était censé savoir.

— Qui est vraiment le Cueilleur d'âmes ? osa-t-il en serrant les fesses.

— Ah ! s'exclama le Matador, amusé. Vaste sujet…

Il claqua des doigts et le boucher aveugle sortit une bouteille de sous le comptoir, versa une liqueur verte translucide dans un verre idoine, puis écrasa une petite sonnette avec son gros poing.

— En un mot, disons qu'il est… la peur ?

Victor/H.I.D acquiesça sans vraiment comprendre.

— La peur est la vibration qui domine l'humanité. La peur isole les gens, elle les abêtit, les rend individualistes et avides de possessions, elle les pousse à la soumission et attise le brasier de la haine. Et le Cueilleur, lui, a le génie de se nourrir de cette vibration, ce qui, tu l'admettras, est plus porteur que de s'abreuver aux veines de la bonté humaine !

Le rire du Matador glaça Victor.

— Mais après des millénaires de prospérité naturelle, son heure est venue de s'incarner pour éviter à l'humanité de se tromper de route…

— Se tromper de route ?

— L'humanité va essayer de s'engager dans l'ère de la Coopération Éclairée, une ère de vibrations prétendument spirituelles, guidée par la conscience et l'amour.

Sentant le Matador scruter sa réaction, Victor/H.I.D afficha une moue répugnée.

— Mais cette voie est un leurre, car l'animal humain n'est rien d'autre qu'un destructeur. Le Cueilleur d'âmes prophétise que cette voie contre nature est une impasse fatale. Alors, pour vous sauver, il va s'incarner et faire perdurer l'ère de la Compétition Guerrière…

Le Matador fit une pause en observant la lolita lui déposer son verre en tremblant.

— La Compétition Guerrière…

— La seule religion qui convienne à votre engeance.

— Il veut que la peur continue de régner, répéta Victor/H.I.D pour lui-même.

— Pour des siècles et des siècles, AMEN ! aboya le Matador à la serveuse qui déguerpit sans demander son reste.

Victor frissonna en pensant à cette sombre perspective. Son père lui disait souvent que le monde allait mal et que la recherche du profit individuel menait l'humanité dans le mur. Mais jamais il n'aurait imaginé qu'une menace diabolique la guettait pour l'empêcher d'évoluer.

— Qui est l'Hôte Parfait ? Personne ne le sait. Est-ce toi ? Cela reste à prouver. Car ce corps formidable devra offrir au Cueilleur d'âmes le plus de chance de succès dans son entreprise de sauvegarde du monde.

Victor/H.I.D se redressa, soucieux de paraître à la hauteur.

— Comment puis-je prouver que je suis l'Hôte Parfait ?

— Il y a deux siècles, le Cueilleur d'âmes a eu vent d'un oracle un *tantinet* dérangeant. Il annonçait que le dernier des passe-murailles tuerait l'Hôte Parfait Puissant et Unique.

Avec horreur, Victor se rappela que le Matador avait évoqué cette prédiction dans le cimetière.

— La venue du Cueilleur d'âmes serait alors repoussée et l'humanité tenterait de basculer dans l'ère funeste de la Coopération Éclairée. Depuis près deux siècles, nous veillons donc à anéantir tous les passe-murailles. Tu veux une épreuve ? dit-il en se rapprochant de manière effrayante. Eh bien, elle me semble tomber sous le sens. Toi, le prétendant, trouve celui qui est censé te détruire, TUE VICTOR D'ABOVILLE !!

Sous le choc de cette terrible révélation, Victor s'affola. S'il était effectivement le dernier passe-muraille, lui, le petit gros à lunettes, avait bien une mission à jouer. Elle était digne d'un héros et, en dehors de ses jeux d'enfant, Victor n'avait aucune envie de jouer les surhommes.

— Son âme de passe-muraille se cache sur l'île. Trouve-la !

Le Matador but son verre cul sec, puis posa de nouveau son regard d'aigle sur H.I.D.

— Mais avant cela, tu vas prêter serment au guide des ténèbres. À genoux ! dit-il en brandissant la lame de sa canne-épée.

Victor/H.I.D palpa ses doigts où nulle épélastique ne se trouvait. Il était pris au piège. S'il prêtait serment, H.I.D serait sans doute maudit et, même s'il ne l'aimait pas, il ne pouvait laisser faire cela.

— À genoux ! répéta le Matador.

Victor/H.I.D s'exécuta tout en cherchant une échappatoire.

— Maintenant, recueille-toi et récite le serment.

Avec l'énergie du désespoir, Victor imagina une stratégie.

— Je ne peux pas.

— Vraiment ? railla le Matador.

— J'ai promis à mon père de prendre un an de réflexion avant de m'engager, et ce délai finira… dans quinze jours.

— Tu oses te présenter devant moi sans être prêt ?!

De la mémoire du cultivé H.I.D, les vers d'un poème serpentèrent jusqu'à l'esprit de Victor et sortirent d'une voix précipitée :

— *Je n'ai plus même pitié de moi*

« *Et ne puis exprimer mon tourment de silence*

« *Tous les mots que j'avais à dire se sont changés en étoiles*

« *J'ai tout donné au soleil*

« *Tout sauf mon ombre*[1]

« Et elle sans regret

« Après m'être affranchi de ma loyauté paternelle,

« Je l'offrirai au Cueilleur d'âmes.

La prose ne laissa pas insensible le poète maudit qui envisagea H.I.D avec un œil nouveau.

— Pourquoi veux-tu donner ta vie à la Cause ?

Victor survola la mémoire de H.I.D et ne vit partout que l'éclat d'un père brillantissime qui jamais ne regarda son fils.

— Si je deviens l'Hôte, mon père n'aura plus d'importance.

Le Matador rangea son épée dans sa canne.

— Viens au cimetière dans deux semaines, nous jugerons de ton efficacité avec d'Aboville.

Pour la seconde fois, Victor venait d'échapper au démon connu pour n'avoir que des rencontres funestes.

---

1. Guillaume Apollinaire, *Les Fiançailles*.

Et comme pour corriger cette anomalie, le Matador remarqua qu'un fantôme s'était remis à boire.

— Qui ose me manquer de respect ? vociféra-t-il en se tournant vers Eddy.

Celui-ci faillit s'étouffer dans sa bière phosphorescente.

— À ta place, je me mettrais vite à genoux, lui glissa le cuistot aveugle.

— Je… Je trinquais à votre gloire, Votre Éminence, tenta Eddy en s'agenouillant précipitamment.

— Si nul n'est censé ignorer la loi, nul n'est censé ignorer MA loi !

Et sans autre forme de procès, le Matador dégaina sa lame, puis brandit sa cape, face écarlate, vers Eddy. Celui-ci se mit à y halluciner pièces d'or et bijoux. Le regard dément, l'homme avide rampa vers le trésor et, alors qu'il le touchait presque, le Matador retourna sa cape dans un élégant geste de tauromachie pour présenter sa face grise. Le taureau-Eddy se vit soudain en mendiant maigre et malade. La vision de sa peur fondamentale le paralysa et le Matador en profita pour lui transpercer le dos avec son épée !

— *Qu'il ne soit plus vivant, et ne soit pas une âme !*
« *Que sur ses membres nus tombe un soleil de flamme*
« *Ou la pluie à ruisseaux !*
« *Qu'il s'éveille en sursaut chaque nuit dans la brume,*
« *Et lutte, et se secoue, et vainement écume*
« *Sous des griffes d'oiseaux !*[1]

Le Matador jeta un regard entendu à H.I.D, puis sortit.

— T'inquiète, jeune fou, dit la lolita sorcière en se

1. Victor Hugo, *Malédiction*.

lovant contre Victor/H.I.D, il ne peut pas te faire ça à toi, tu es vivant. Enfin pour l'instant...

— Il peut me maudire, rectifia Victor/H.I.D avec la gorge sèche.

— Exact. D'ailleurs j'sais pas comment tu t'en es sorti, mais je doute que ça dure.

Victor/H.I.D ne parvenait pas à détacher ses yeux du pauvre Eddy qui convulsait en agonisant.

— Il va souffrir longtemps ?

— Pour l'éternité ! ria-t-elle. Mais nous, les gentils Corrupteurs, on ira plaider pour lui d'ici peu. Mieux vaut qu'il serve la Cause plutôt qu'il nous embarrasse avec sa souffrance.

— Embarrasse ? répéta Victor/H.I.D, choqué.

— Un maudit reste toujours bloqué près de son envoûteur. Pourquoi crois-tu que le cimetière soit plein de fantômes ? Ça fait longtemps qu'ils auraient dû se réincarner ailleurs.

Victor pensa à tous ces enfants passe-murailles confinés dans le cimetière, à Saturnin qui, pour le sauver, avait peut-être été maudit comme Eddy. Pour la première fois, sa colère contre ces diables de Matador et de Cueilleur d'âmes prenait le pas sur sa peur. Après tout, si l'oracle disait vrai, il avait une chance d'empêcher la venue du monstre et de changer le cours des événements. Décidé, il quitta l'hôtel des Trépassés, suivi par le regard déçu de la lolita et celui, suspicieux, du cuistot « aveugle ».

# Chapitre 5

## La Fête des 40 jours

Victor/H.I.D courait dans la nuit à travers la Forêt Quasi Normale. La vélocité de son nouveau corps le subjuguait. Sa musculature longue et proportionnée lui permettait d'enjamber tout obstacle sans même se fatiguer. Quel plaisir ! Après son petit corps rondelet et celui handicapé de Crunchion, Victor se sentait presque capable de voler. Cette course lui permit d'éliminer le stress accumulé dans l'hôtel des Trépassés et, quelques instants plus tard, d'apercevoir la silhouette imposante du *Beltaine*.

Il gravit la moitié de l'échelle de corde à la seule force de ses bras et surgit sur le pont, trop heureux d'enfin réintégrer la Colonie. Une impression étrange l'accompagna cependant alors qu'il se dirigeait vers le quartier des Brise-Lames. Le bateau avait l'air désert, ce qui était pour le moins anormal à cette heure avancée.

Soudain, un feu d'artifice s'échappa du stade végétal et lui rafraîchit la mémoire : la Fête des 40 jours ! Toute la Colonie devait y être.

Les feux colorés traçaient dans le ciel le symbole de chaque épreuve pour annoncer les futurs Jeux déchaînés.

Ravi de rejoindre ces festivités, Victor/H.I.D s'approchait du toboggan quand son regard se porta sur la Mer Suspendue. Immobile à sa surface, la baleine Aïfé faisait face à une silhouette qui ressemblait à... Kivy ! Pas de doute, c'était l'apprentie druide qui, au bout de la longue passerelle en bois, conversait avec Aïfé. De quoi pouvaient-elles bien s'entretenir ? Sans hésiter, Victor élança H.I.D dans le toboggan.

Il atterrit sans faire de bruit dans le sable liquide, s'approcha... Et là, quel ne fut pas son étonnement de découvrir son homard – celui que Véronique voulait manger et que Victor avait emporté avec lui sur l'île – en train de s'attaquer aux pieds de la jeune druidesse !

Loin de la couleur bleu délavé héritée de la cuisson qui jadis l'avait occis, l'animal arborait un bleu vif et se mouvait comme s'il n'était jamais passé de vie à trépas. Sans pitié, ses pinces coupantes se refermèrent sur l'un des tendons d'Achille de Kivy, laquelle se retourna en hurlant. Surprise par la douleur autant que par la présence de H.I.D, elle ne vit pas Aïfé projeter un jet d'eau, moins puissant qu'à l'accoutumée, mais formant cette fois un visage : celui d'Hector-Ingmar Delatour.

Le visage aquatique retomba à la mer avant que Kivy ne l'ait vu.

— Bon sang ! s'écria l'adolescente avec le même regard noir que dans la cabine de Jaoba. As-tu aperçu un visage ?

Victor/H.I.D se contenta d'observer Aïfé qui replongeait dans les profondeurs de la Mer Suspendue.

— Alors, réponds ! Tu as vu un visage ou non ?

— Oui, celui d'une femme que je ne connais pas, mentit-il en récupérant son homard. Quelqu'un du village sans doute. J'ai pas trop fait gaffe, j'étais concentré sur toi et le homard. Mais c'était qui au juste ?

— Celui ou celle qui a ensorcelé la douanière Poulps, répliqua Kivy sur un ton qui sonnait faux. Reviens avec moi à la fête, tu me diras si tu reconnais cette femme parmi les villageois.

— Tu ne redemandes pas à Aïfé ?

— Aïfé est très susceptible, elle ne répond jamais deux fois à la même question, affirma-t-elle, agacée.

— Je vais remettre ce homard à l'eau.

— C'est un immortel, tu ferais mieux de l'écraser et de le bloquer sous un rocher, conclut Kivy avec une méchanceté indigne d'une druidesse.

En s'approchant de l'eau, Victor échangea à voix basse avec son crustacé.

— C'est moi, Victor ! Et toi tu es bien vivant, je n'avais pas rêvé le soir du dîner !!

Le homard caressa le bras de Victor/H.I.D avec ses antennes.

— Comment as-tu fait pour… récupérer ?

La langouste tourna une antenne en direction de la Mer Suspendue.

— Aïfé ! C'est Aïfé qui t'a guéri ?

De nouveau l'animal chatouilla le bras de H.I.D et Victor en conclut que sa supposition était juste.

— Et pourquoi diable as-tu pincé Kivy ?

L'antenne du homard désigna Kivy, dessina des lunettes sur le visage de Victor/H.I.D, puis passa rapidement sous sa gorge, comme s'il voulait la trancher.

— Hum, c'est ce que je craignais… Elle veut me tuer et profite de la fête pour demander discretos à Aïfé où mon âme se cache, c'est ça ?

Les antennes du homard acquiescèrent et cette confirmation attrista Victor.

— C'est donc bien une traîtresse… mais tu m'as sauvé la vie, merci !

Le homard posa l'une de ses pattes dans la main de Victor/H.I.D. Amusé, ce dernier lui serra la pince.

— Je reviendrai te voir, mon ami ! promit Victor en le remettant à l'eau.

Puis il se hâta de rattraper Kivy.

— Tu sais quand rentre Amorgen ?

La jeune femme haussa les épaules.

— Tu ne l'as pas vu à la fête ?

— J'ai pas trop fait attention, répliqua Victor/H.I.D, soulagé d'apprendre le retour du vieux druide.

Quand ils s'approchèrent du stade végétal, Kivy briefa Victor/H.I.D.

— La plupart des villageois sont là. Alors sois bien concentré et dis-moi si tu reconnais le visage révélé par Aïfé.

— Promis, mentit Victor/H.I.D.

Songeant au contraste entre la gentillesse habituelle de Kivy et sa rudesse actuelle, Victor lui reconnut un remarquable talent d'actrice. Une pensée pour sa mère le traversa alors, vite dissipée par la féerie du lieu. Le cratère verdoyant était en effet éclairé par des centaines de lucioles qui voltigeaient librement et formaient un ciel d'étoiles mobiles. Sous la musique à percussions d'Akuti l'animatrice, elles semblaient danser au-dessus des villageois et des enfants de la Colonie. Des tables et un buffet avaient été dressés tout autour de l'aquaplane sur lequel flottaient les bougies de la cérémonie des vœux. Victor ressentit un pincement au cœur, car seule la sienne devait manquer.

— Personne ici ne ressemble au visage qu'Aïfé a montré, affirma Victor/H.I.D en feignant de scruter les villageois.

Il n'eut alors pas le temps de voir Lilith et Dimitri débouler qu'il reçut une claque magistrale.

— La voilà ma perturbation, goujat !

— Voyons, Lilith, dit Kivy aussi désarçonnée que Victor, qu'a donc fait Hector-Ingmar pour que tu l'agresses ainsi ?

— Il fait courir le bruit que mon équipe va perdre à cause de moi, parce que je suis perturbée par sa petite personne !

— Est-ce vrai, Hector ? interrogea Kivy, de nouveau empreinte de bienveillance.

Pour toute réponse, Victor/H.I.D s'élança à la suite de ses amis.

— Lilith ! Dimitri ! Attendez-moi !

— Parce que tu connais mon prénom ? ironisa Dimitri.

— Mais c'est moi ! affirma-t-il à voix basse. Victor !

Lilith et son frère s'immobilisèrent, puis envisagèrent leur poursuivant.

— Qu'est-ce que tu viens de dire ?

— C'est moi, j'ai de nouveau… « migré ».

Lilith prit aussitôt une inspiration pour ressentir à qui elle avait affaire.

— C'est toi !

— Quoi ? *C'est lui ?* réagit Dimitri.

— Vite, prends-moi dans tes bras !

— Comment ça ? s'affola Victor/H.I.D.

— Si tu as migré, il faut que les autres trouvent normal de nous voir ensemble dans les jours prochains. Faisons croire à un… rapprochement.

Et sans lui demander son avis, Lilith se serra contre H.I.D.

Victor avait traversé bien des épreuves, mais là, c'en était trop.

— Je… Je suis pas sûr que…

Lilith leva son visage vers lui : elle était encore plus belle de près et Victor sentit ses jambes se dérober.

— Mets tes mains autour de ma taille, ça va faire jaser. Fais-moi confiance, si ton comportement paraît bizarre à certains, ils mettront ça sur le dos de l'amour.

Victor ne comprenait rien à ce qu'elle racontait, mais, avec la gaucherie d'un éléphant, enlaça la jeune fille.

— N'en profite pas, crut bon d'ajouter Dimitri.

— Comment t'es-tu retrouvé dans le corps de ce filou ? demanda Lilith.

— J'en sais rien, je crois que ton père a décidé d'arrêter de boire et… d'un coup je me suis retrouvé dans le corps de H.I.D à l'hôtel des Trépassés !

Dimitri et Lilith frémirent en entendant cette nouvelle. Ils voulurent en savoir plus et Victor promit de tout raconter si la jeune fille acceptait de s'éloigner un peu de lui. Il acheva son récit épique au moment où Amorgen se levait de table.

— Vite, dit Lilith en prenant Victor/H.I.D par la main, il faut lui parler avant qu'il ne s'éclipse.

Et sous les rires taquins des autres enfants, elle l'entraîna avec Dimitri vers Amorgen. Ce faisant, ils croisèrent mademoiselle Viande qui semblait sortir de nulle part. Elle avisa la main de Lilith dans celle de H.I.D et leva les yeux au ciel, dépitée.

— Monsieur Delatour, je compte sur vous pour être en forme demain, n'est-ce pas ?

— Oui, oui, bien sûr…

— Sommes-nous sûrs que se nouer à l'adversaire soit la meilleure garantie de combativité ?

— C'est en tout cas le gage d'une belle fraternité, s'agaça Lilith.

Mademoiselle Viande fusilla la jeune fille du regard.

— D'une belle calamité, oui. Nous en reparlerons quand l'un ou l'autre n'aura plus en bouche que l'amertume de la déception…

Les trois jeunes s'échangèrent des regards entendus et se hâtèrent de rattraper Amorgen.

— Elle a dû connaître trop de déceptions amoureuses, assura Victor/H.I.D.

— À moins qu'en amour mademoiselle Viande soit toujours restée bleue ! s'amusa Dimitri.

Amorgen s'approchait de la lisière de la forêt quand les enfants le rejoignirent.

— Attendez-nous ! supplia Victor/H.I.D. Je dois vous parler de… vous savez, *acceleratus maturita*…

Le vieux druide leva une main pour stopper sa phrase, puis leur fit signe de le suivre en silence jusqu'à l'entrée de la Forêt Quasi Normale. Avec la pointe de sa serpe, il traça alors dans les airs un cercle et une ligne verticale en son centre. Il ouvrit ensuite ses doigts vers le ciel et ramena sa main vers lui, comme s'il captait l'humidité atmosphérique. Aussitôt une nappe de brouillard se condensa autour d'eux.

— Maintenant, jeunes gens, on ne peut plus ni nous voir ni nous entendre, dit-il avec un sourire satisfait.

— Amorgen, avant tout, je dois vous dire, je ne suis pas vraiment H.I.D, confia Victor. Enfin… vous comprenez ?

— Je comprends et je m'en doutais.

— Mais où étiez-vous donc ? enchaîna Dimitri, impatient.

— Parti consulter mes frères druides pour savoir si l'un d'eux s'était tourné vers les forces du mal. Voyez-vous, seul un druide peut percer l'anneau de puissance d'un autre druide.

— L'anneau de puissance ? reprit Victor.

— La barrière magique, si tu préfères, celle avec laquelle je protège l'île et qui a visiblement été percée par quelqu'un ou quelque chose.

— Et alors, demanda Lilith, quelqu'un a trahi ?

— Je suis à présent certain que non. Mais il n'empêche qu'une puissante magie noire a frappé. C'est elle qui a ensorcelé la douanière et qui a ouvert une porte dans le cimetière pour le Cueilleur d'âmes.

— Que vous avez refermée ! s'empressa d'ajouter Victor/H.I.D.

— Exact. Mais le loup reste dans la bergerie. Et tu sais à présent, jeune d'Aboville, qu'il te vise particulièrement. Alors comme la peste, évite les trois lieux de l'île que je n'ai jamais pu complètement assainir : le cimetière…

— … l'hôtel des Trépassés… poursuivit Dimitri.

— … et le Marché Caché, soupira Victor/H.I.D. Mais dites, combien de temps je vais rester loin de mon corps ?

— Tes incarnations ne sont jamais le fruit du hasard, elles tombent toujours lors d'une journée décisive pour ton hôte. Et si tu parviens à refaire vibrer son cœur assombri, alors tu deviens libre de quitter cette incarnation.

— J'ai empêché Crunchion de boire…

— … et il n'est pas mort en mer comme cela était prévu ! compléta Lilith.

— Puis je l'ai guidé vers la joie des enfants !

— Jusqu'à ce qu'il retrouve lui-même assez de joie pour être capable de renoncer à son vice. Alors tu as pu quitter son corps. Mais que tu en aies conscience ou non, soit bien certain que chaque incarnation te fait grandir et t'aide à devenir plus vite le passe-muraille que tu dois être. *Acceleratus maturitate !*

— Et mon vrai corps, où est-il ?!

— Hélas, je n'en sais rien. Les arbres ont été gelés par le passage du Cueilleur et n'ont rien pu voir ni me transmettre. Je vais à présent m'employer à le retrouver et je te promets d'y parvenir avant la fin de l'été.

— Il se passera quoi, à la fin de l'été ? s'inquiéta Dimitri.

— L'épélastique n'aura plus assez de puissance pour protéger l'enveloppe charnelle de Victor. Il faut donc absolument qu'il l'ait réintégrée d'ici là.

— Kivy peut sans doute nous dire où il est, c'est elle la traîtresse !

— J'en doute, affirma Amorgen.

— Mais si ! Je l'ai surprise en train d'interroger Aïfé pour savoir où je me cachais !

Amorgen réfléchit un instant avant de conclure :

— Je réponds d'elle. Elle peut être l'instrument, mais pas la coupable. Compte sur moi pour trouver qui se cache derrière son éventuelle manipulation. En attendant, tâche de vivre au mieux ta *samsara express* !

— Ma samsara express ?!

— Les hindouistes et les bouddhistes parlent de *samsara* pour évoquer le cycle des renaissances qui permettent aux individus de s'éveiller spirituellement. Toi tu as une chance rare, celle de pouvoir expérimenter plusieurs vies en une !

# Chapitre 6
## Émois

Après toutes ces émotions, Victor fut heureux de s'allonger dans son hamac. Aussi sportif soit son nouveau corps, lui aussi avait besoin de repos. Pour autant, il ne put s'empêcher quelques incursions dans la mémoire de son hôte avant de s'endormir. Elles furent toutes teintées d'amertume et de déception. À tout âge, Hector-Ingmar semblait n'avoir agi que pour attirer le regard d'Oscar, sa star de père. Premier de classe, nageur émérite, karatéka hors pair, président d'association, médaillé de sa ville pour sauvetage ; il avait tout fait pour capter la lumière et séduire son géniteur. Mais d'amour il n'avait reçu que celui de sa mère, elle-même délaissée par son mari.

Oscar Delatour était un sang bleu, un descendant de la noblesse excité par les défis. Et le jour où, en pleine jeunesse tumultueuse, il avait appris qu'un richissime industriel offrirait une partie de sa fortune aux pauvres de sa ville en échange de la médaille de l'ultime épreuve des Jeux déchaînés – le Countryskel Fantôme –, il partit pour l'Entremondes comme on part en croisade.

On ne sait trop comment, il était parvenu jusqu'à l'île, s'y était ardemment battu et, contre toute attente, avait vaincu. Oscar était revenu avec une oreille et deux doigts en moins, mais aussi avec la médaille que personne n'avait vue jusqu'alors. Et l'industriel tint parole. Les pauvres de sa ville devinrent ainsi plus aisés, et Oscar un héros puis une célébrité nationale.

Son ascension fut prodigieuse et certains lui prédirent un avenir politique. Pourtant, quelques années plus tard, Oscar avait cessé toute vie publique. La raison en était mystérieuse et Hector ne voyait plus son père que de manière épisodique. Devenu sombre et renfermé, ce dernier avait cependant promis à son fils un avenir commun s'il se révélait digne de lui. H.I.D s'était dès lors convaincu que la preuve de sa valeur passait par l'île de l'Entremondes…

Après un lever tardif, la matinée du lendemain se passa sans encombre pour Victor. Seul son flirt de circonstance avec Lilith le stressait. Les regards furtifs et les petits rires des autres enfants l'irritaient, mais surtout il devait accepter que la magnifique jeune fille l'entraîne parfois dans un coin pour lui glisser quelques informations.

— J'ai sondé Kivy et elle semble absolument désolée. Elle dit ne pas savoir pourquoi elle a consulté Aïfé, car elle n'en a pas le droit. Elle m'a d'ailleurs confié qu'Amorgen l'avait soumise au lacet des druides pour l'interroger.

— Le lacet des druides ?

— C'est un bracelet qui t'enlève toute volonté. Elle n'a donc pas pu mentir, et apparemment elle n'a même pas souvenir de ce qu'elle a demandé.

Gêné par la proximité de la jeune fille, Victor/H.I.D s'écarta légèrement.

— OK, merci mais… tu es sûre que nous deux c'est…

Lilith leva les yeux au ciel.

— Tu n'as qu'à te dire qu'on est des agents secrets.

Et pour appuyer ses propos, elle profita du passage des Tapeculs pour poser son visage sur l'épaule de H.I.D. Une véritable tempête émotionnelle se déclencha chez Victor, mais Lilith tempéra.

— T'inquiète, je déteste le type qui t'héberge et je ne risque plus d'être attirée par un garçon.

Puis Lilith s'éloigna, laissant un Victor tout sauf rassuré. Sa samsara express lui faisait vivre de bien drôles de choses !

L'après-midi, Victor/H.I.D et les Brise-Lames se retrouvèrent au terrain d'aquaballe pour une mise au point avec leur coach, mademoiselle Viande.

— Nous voici devant l'épreuve centrale de ces jeux. Hélas, je sais maintenant que vous ne risquez pas d'y briller.

— Pourquoi donc ? demanda Angélique, déçue.

— Parce qu'après la démonstration de môssieur Hector-Ingmar Delatour aux différentes épreuves, je ne vois pas comment vous pourriez réussir un jeu dans lequel l'esprit d'équipe est central.

— Mais je peux avoir l'esprit d'équipe ! s'indigna Victor/H.I.D.

— Ah oui ? Eh bien j'aimerais voir ça ! Car je vous le dis tout de suite, jeune homme, si vous n'y arrivez pas, ce n'est pas quelques points que vous allez grappiller, mais le malus Mauvais Joueur !

— Malus Mauvais Joueur ? répéta Yohei, un garçon à l'accent asiatique prononcé. Mais ça c'est pas possible, hein ? La honte sur nous ! Et… c'est combien ça, malus MJ ?

— Moins dix points ! déclara mademoiselle Viande sur un ton sentencieux. L'assurance d'être relégué dans le tréfonds du classement !

À voir tous les regards mauvais que les membres de l'équipe jetaient à H.I.D, Victor se demanda comment celui-ci avait fait pour être autant détesté.

— Allez, en maillot ! Je veux deux équipes de quatre joueurs sur l'aquaplane, et quatre remplaçants sur le banc de touche !

Victor/H.I.D venait d'enfiler son slip de bain quand il se fit surprendre par Maya, une des basketteuses du club de Marco. Ne pouvant deviner qu'il découvrait son corps, la joueuse afficha un air désolé en le voyant mater sa propre musculature.

— Pfuf ! Eh l'athlète, j'voulais te dire, si tu te la joues encore solo sur le terrain, moi et mes potes de Marseille on jouera au basket avec ta tête de décérébré !

Victor faillit se recroqueviller comme il l'aurait fait dans son corps de petit garçon, mais le physique de H.I.D l'invitait à réagir différemment.

— Et si on jouait plutôt ensemble ?

— Parce que tu sais ce que ça veut dire ?

Vexé, Victor/H.I.D s'élança sur l'aquaplane et constata une nouvelle fois combien un corps athlétique était un instrument de plaisir. Alternant dérapages et glissades, il prit appui sur les bords de la piscine pour fuser sur le ventre, un poing en avant. Puis soudain, Superman se releva, bondit dans l'eau et, comme projeté par un ressort, fit un salto avant pour atterrir devant le but.

Mademoiselle Viande souffla si fort dans son sifflet que de la bave en fut éjectée ! Elle commanda à ses joueurs de se mettre en place et, par ses trilles, positionna Victor/H.I.D et Maya autour de l'aquabut.

Quand l'aquaballe s'éjecta, les joueurs sautèrent pour l'attraper. Molle comme un moshi et rebondissante comme un ballon de basket, ce drôle de projectile allait vite devenir un objet de convoitise pour les enfants, beaucoup rêvant d'en rapporter un spécimen chez eux. Hélas, chaque aquaballe avait plutôt pour vocation de finir au fond de l'aquabut, ainsi que Maya le démontra en la saisissant au vol et en marquant de suite, déclenchant l'énervement de mademoiselle Viande. Cette dernière assaisonna même la pauvre joueuse alors qu'elle n'avait jamais énoncé la règle obligeant les quatre membres de l'équipe à toucher l'aquaballe avant de marquer !

L'aquaplane se révéla cependant être un jeu passionnant. Comme il était interdit de marcher avec l'aquaballe, il fallait sans cesse s'élancer dans des glissades infernales. Drôle et captivante, la pratique assurait rires et adrénaline.

De son côté, Victor prit bien soin de ne jamais faire marquer H.I.D. Il passait sans cesse la balle à ses trois équipiers, et Maya finit même par devoir lui rappeler qu'il était attaquant. En fin de journée, l'équipe de Brise-Lames était aux anges, mademoiselle Viande comprise.

— Vous avez saisi l'esprit de l'aquaballe et nous avons de bons athlètes pour la plupart de nos zones de touches. Maya et H.I.D, vous serez les attaquants titulaires. J'hésite encore pour les défenseurs. Notre point faible reste la technique de nos escrimeurs.

— Je peux aider pour l'escrime ! déclara Victor/H.I.D.

— Mais tu passes ton diplôme de bonnes œuvres toi ou quoi ? taquina Maya.

— J'apprends à être… différent.

— Ça c'est Lilith, hein ? avança Yohei. C'est l'amour qui révèle les facettes enchantées de la pierre brute, qui fait étinceler les joyaux du…

— Oui, oui, bon ça va, coupa Maya. H.I.D s'est levé du bon pied ce matin, on verra demain.

En quittant le stade, Victor/H.I.D croisa Crunchion, qui essayait de faire progresser au tir à l'arc un cas désespéré de l'équipe des Génois.

— Non, dit-il à un petit garçon roux, pense cible, pas flèche.

L'élève tenta de bander son arc, l'air très concentré, mais semblait vraiment très maladroit.

— Monsieur, dit Victor/H.I.D en s'approchant innocemment, je me souviens de votre venue ici le premier jour. Je me demandais ce qui vous avait fait rejoindre la Colonie ?

Crunchion réfléchit, puis leva les épaules. En vérité, il n'en savait rien. Comme l'avait précisé Amorgen à Victor, un hôte se souvenait de ses actes, mais pas du fait qu'ils aient été commandés par l'âme d'un passe-muraille. Crunchion était par conséquent convaincu d'avoir tout initié de lui-même. À cet instant, le garçon roux parvint à décocher une flèche qui, après trois loopings, finit par se loger dans la cible. Un sourire radieux inonda son visage et celui de Crunchion.

De retour au *Beltaine*, Victor était d'excellente humeur et ne ressentait pas la fatigue malgré la courte nuit précédente et le sport de l'après-midi. Quelle énergie fantastique possédait ce corps !

Guilleret, il prit un généreux goûter de fruits fourrés, découvrit avec bonheur une mangue au cœur de glace tiède, puis proposa un concours de plongeon à la proue du navire. La plupart des enfants avaient suivi Titi l'animateur pour jouer sur la plage idée-forme. Quelques indécis se rapprochèrent néanmoins pour participer ou admirer les sauts de l'audacieux H.I.D. Amusée, Lilith se mêla au jeu et, de l'avis unanime des spectateurs, elle fut vite élue finaliste avec H.I.D.

Jaoba arbitra et, tandis que sa mana mimait toutes sortes de plongeons impossibles, Lilith se prépara à s'élancer pour son saut final.

C'est alors que Victor/H.I.D, dont le cœur battait étrangement vite, la retint pour lui proposer une alternative. Pourquoi ne pas tenter un plongeon en duo ? L'idée était séduisante, mais la réalisation problématique. Comment ne pas se faire mal en plongeant à deux ?

Après quelques essais aussi cocasses qu'infructueux, Victor/H.I.D finit par faire valser Lilith avant de l'envoyer dans les airs, puis de s'élancer à sa suite. Tournoyant les mains accrochées comme des parachutistes, les deux jeunes se rapprochèrent, puis pénétrèrent dans la Mer Suspendue collés l'un à l'autre. Le temps se distendit et, plus encore que la rencontre avec le Cueilleur d'âmes, l'instant marqua la jeune vie de Victor. Dans l'eau, Lilith ouvrit ses yeux de chat. Elle l'observa, visiblement troublée, tandis que son cœur à lui bondissait comme s'il voulait l'effleurer. Le perçut-elle ? La jeune fille se détacha en tout cas et remonta brusquement à la surface.

— Tu ne m'approches pas ! lui balança-t-elle, furieuse.

Perdu face à cette réaction, Victor/H.I.D la regarda s'éloigner vers l'échelle du *Beltaine*. Quand il remonta sur le pont, les enfants s'étaient dispersés et seul le capitaine Jaoba l'attendait, compatissant.

— Elle avait l'air furax, affirma-t-il tandis que sa mana s'agitait pour appuyer son propos.

Victor/H.I.D acquiesça, un air d'incompréhension au visage.

— Dimitri ne t'a rien dit, n'est-ce pas ?

— Rien dit de quoi ?

— Vu ta relation avec elle, il me semble que tu dois être au courant…

Jaoba soupira tandis que sa mana lui grattait le menton, signe de réflexion intense.

— Sur l'île, commença-t-il, tout le monde sait que Lilith est amoureuse depuis la maternelle de son camarade de classe, Malik. Le jour où il est arrivé du continent, elle a tout de suite été fascinée. Elle s'est alors approchée, lui a pris la main et ne l'a plus lâchée.

La mana serra la main du capitaine, de manière trop insistante pour lui. Il essaya dès lors de s'en défaire tout en poursuivant son récit.

— Lilith et Malik… Malik et Lilith. Tout le temps fourrés ensemble, tout le temps à se protéger l'un l'autre. Inséparables, précisa-t-il en agitant sa main prisonnière. De vrais *loverbirds*. À rendre jaloux les adultes et leurs amours en demi-teintes.

Victor se surprit à ressentir un sentiment proche de la jalousie.

— Quels échos intimes ont bien pu les faire résonner aussi joliment ? se demanda Jaoba à voix haute.

Victor/H.I.D n'en savait rien, lui qui trouvait déjà bien étrange que deux enfants puissent tomber amoureux.

— Et ça a mal fini, n'est-ce pas ?

— Un drame est arrivé, confirma l'animateur en chef, tout en essayant de mordre cette mana indécollable. Un double drame même, alors que Malik et sa mère rentraient chez eux. Un bout de montagne s'est détaché dans la nuit et le sol s'est dérobé sous leurs pieds.

La mana relâcha soudain sa pression et tomba au sol, comme morte. Jaoba la ramassa, le visage peiné, et ajouta :

— Lilith venait de fêter ses dix ans. Depuis, elle est devenue très sauvage…

— C'est pour ça que Dimitri veut la protéger.

— Et c'est pour ça que ton rapprochement avec elle nous a tous étonnés. Mais même si elle est en voie de guérison, tu comprends à présent qu'il ne faut rien précipiter, conclut le capitaine, ragaillardi de voir sa mana bien vivante donner une tape empathique sur l'épaule de H.I.D.

Après cet épisode, Lilith se contenta d'échanger ses informations avec Victor entre deux portes. Le temps où les deux jeunes se prenaient dans les bras pour justifier leur entente était terminé. Et Victor devait bien admettre qu'il en était chamboulé. Pour la première fois de sa vie il était bouleversé par l'amour et son corps de Don Juan lui faisait croire, bien malgré lui, que quelque chose était possible. Au grand soulagement de Dimitri, Lilith avait pourtant remis les distances de circonstances entre deux amis.

— Marco trouve étrange ton comportement, l'informa-t-elle dans une coursive du *Beltaine*. Et il le crie un peu trop fort. Ça va finir par attirer l'attention. Tu dois être plus… comme H.I.D.

— Tu veux dire pédant ?

— Exactement, confirma Dimitri.

— Mais je sens que c'est bon pour lui. Mademoiselle Viande m'a même nommé capitaine des Brise-Lames ! Elle trouve que j'ai découvert le sens du collectif et voit bien que beaucoup d'enfants m'apprécient à présent.

— C'est bien ce que je dis, tu es trop pas comme lui. Redeviens un peu détestable ou tu seras repéré par ceux qui te cherchent.

— Toi non plus tu n'aimes pas ce que je suis ?

Lilith comprit que cette question concernait plus Victor que H.I.D et préféra botter en touche.

— H.I.D a eu le temps de ressentir le plaisir d'être apprécié plutôt que jalousé pour ses performances. Mais toi, tu dois penser à te protéger.

La jeune fille allait s'éloigner sans s'être départie de sa dureté quand Victor/H.I.D lui lança :

— Et si je me tuais ?

Elle se retourna aussitôt en lui jetant un des regards revolvers dont elle avait le secret.

— En faisant ça, je tuerais l'Hôte Parfait, Puissant et Unique et je réaliserais la prophétie.

Lilith vint aussitôt mettre sa main sur sa bouche tout en vérifiant autour d'elle que personne n'écoutait.

— D'abord tu évites de parler de l'Hôte, ensuite rien ne dit que H.I.D soit l'Élu, enfin tu ne redis jamais une bêtise pareille !

Au regret de Victor, Lilith enleva sa main. Il rattrapa ses doigts fins et elle se laissa faire un instant, avant de conclure :

— C'est bien ce que je pense, tu confonds tout.

Et elle repartit, suivie par son garde du corps de frère. Victor/H.I.D. se laissa glisser sur le sol. Que lui arrivait-il ? Quelles étaient donc ces émotions qui le bouleversaient tant ? Il voyait bien que Lilith occupait de plus en plus ses pensées, que ses mains étaient moites dès qu'elle s'approchait et qu'il manquait souvent d'air. En cet instant, il eut envie de retrouver son corps de petit garçon étranger à toutes ces perturbations. Et alors qu'Angélique glissait dans la coursive pentue en lui souriant, il lui lâcha avec agressivité :

— Tu veux ma photo ?

Angélique freina, choquée, puis se mit à pleurer en voyant son capitaine rentrer dans sa cabine.

H.I.D le suffisant était de retour.

Les jours suivants, Victor prit soin d'éloigner les soupçons en se comportant de manière aussi individualiste que pouvait l'être H.I.D. En son for intérieur, il le faisait autant pour suivre les conseils de Lilith que pour expulser sa rage d'amoureux éconduit. Sur le terrain d'aquaplane, c'en était fini du jeu collectif et des passes magnifiques dont il avait fait sa marque de fabrique. Il passait son temps à marquer dans toutes les situations. De vrais exploits ! Mademoiselle Viande devait bien reconnaître qu'elle avait affaire à un athlète complet alliant aptitudes physiques exceptionnelles, sang-froid et adresse. Hélas, elle voyait aussi le spectre du malus Mauvais Joueur s'approcher avec le retour de H.I.D l'égoïste. Maya avait beau lui rentrer dedans, rien n'y faisait. Son seul changement de comportement eut lieu lors du match amical contre les Spinnakers. Victor/H.I.D passa alors son temps à mettre la balle en touche sur le terrain du tir à l'arc… où se trouvait Lilith ! La jeune fille, devenue l'archer officiel de son équipe, s'agaçait du comportement excessif de son ami quand elle eut un pressentiment.

Elle banda son arc, pressentit l'imminence d'un drame et, le souffle court, ferma les yeux pour libérer sa flèche. Une vision s'imposa en elle : celle du Matador ricanant en retournant sa cape sur H.I.D. Elle sursauta en rouvrant les yeux. Sa flèche avait pour la première fois réussi à se planter en plein centre de la cible.

Des applaudissements retentirent de la part des deux équipes. Avec le caprice des vents foufous, réussir à atteindre la cible était déjà un tel exploit que plus personne n'espérait en toucher le centre. Mais Lilith savait n'y être pour rien. Elle plissa les yeux et vit que sa flèche avait transpercé quelque chose… Un parchemin saignait d'un sang noir et gluant ! Le cœur battant, Lilith s'approcha et lit :

— *La déception est une attente qui ne voit rien arriver.*[1]

---

1. Mazouz Hacène.

Puis le parchemin disparut.

— Il y a un souci ? demanda Victor/H.I.D en accourant.

— C'est le Matador, répondit Lilith avec horreur, il t'a envoyé un message à travers moi. Il t'attend !

En disant cela, Lilith avait spontanément pris la main de H.I.D. Le jeune homme eut le temps d'apprécier cet instant de bonheur avant d'envisager les conséquences de ce rappel.

— Eh bien, les enfants, on se laisse déconcentrer ? taquina mademoiselle Viande en s'approchant avec un sourire étrange.

Lilith lâcha la main de Victor/H.I.D tandis que l'animatrice arrachait la flèche de la cible.

— Un exploit isolé n'est rien à côté de l'objectif final, jeunes gens. Vous devez apprendre cela.

Puis elle repartit sous le regard perturbé de Lilith.

— Je vais y aller, déclara Victor/H.I.D.

— Ne sois pas stupide.

— Si je n'y vais pas, c'est lui qui viendra. Mais j'ai un plan ! affirma-t-il, surpris par son propre courage.

Pas de doute, son corps avait bien une influence sur son esprit.

— Tu ne vas rien faire du tout. On va aller voir Amorgen. Sa magie protège le bateau et empêchera le Matador de venir !

— Ah oui ? Et comment il a fait pour t'avertir ici ? Je croyais que seuls trois lieux sur l'île n'étaient pas protégés !

Il avait raison, Amorgen avait peut-être perdu le contrôle. Émue, Lilith courut derrière Victor/H.I.D et le retourna.

— Promets-moi que tu n'iras pas seul.

Bouleversé par ce contact retrouvé, Victor se dit qu'il y avait du bon à être un vrai héros. Et tout en croisant les doigts dans son dos, il promit qu'il n'irait pas seul.

# CHAPITRE 7

## Le bluff du Marché Caché

Le soir, Victor ne parvint pas à trouver le sommeil. S'il se tournait et se retournait sans cesse, ce n'était pas à cause des ronflements de son camarade de cabine. Son cerveau fonctionnait comme une machine à laver en programme long : le prélavage lui avait fait infuser H.I.D et son rendez-vous funeste ; le lavage lui avait ressassé l'image de Lilith, cette fille qui éveillait en lui des émotions jusqu'alors inconnues. Essoré, il finissait de sécher dans son hamac quand une vérité s'imposa en lui : il voulait épater Lilith. Ce Malik avait beau être mort, seul un exploit semblait pouvoir donner une chance à Victor de quitter la zone « ami ».

Il ressentit alors que sa nouvelle quête résonnait avec celle de H.I.D. Lui aussi voulait réaliser une prouesse pour gagner l'amour de son père. Une part en lui savait que tout cela était vain, mais une autre, plus impérieuse, le décida à agir.

Tel un singe, Victor/H.I.D se laissa choir de son hamac. Les mains agrippées au cordage, il attrapa ses vêtements avec ses pieds, puis se balança pour s'éjecter juste devant la porte de la cabine. Il n'avait fait aucun bruit et se dit qu'il aimerait bien traverser sa maison-gare avec ce corps expert en contorsion. Même Véronique, sa « tyrannifique » tante, et son oreille de chouette ne pourraient déceler son passage !

Un instant plus tard, il déboucha sur le pont quasi désert et évita de justesse deux animateurs occupés à flirter. Il allait quitter le navire, quand une idée l'arrêta. S'il lui arrivait malheur, ce qui était très possible, il devait dire au revoir à son père !

Victor/H.I.D avisa l'un des cinq mâts puis grimpa à son échelle. À la hune la plus haute, il prit le temps de contempler la vue. La Voie lactée brillait intensément et éclairait la Mer Suspendue. Aïfé affleura à la surface de l'eau et, comme pour lui souhaiter bonne chance, lança un puissant jet d'eau. De l'autre côté, la Forêt Quasi Normale avait l'air paisible et le volcan veillait sur le stade végétal. Tout paraissait être à sa place et Victor se demanda s'il aurait la chance de retrouver un jour la sienne…

Puis il inspira profondément et décrocha le combiné téléphonique du grand mât. Aussitôt une bulle sortit de la partie supérieure et se gonfla jusqu'à envelopper son corps. Victor ne put retenir un sourire en se retrouvant ainsi encapsulé. Sans qu'il ne fasse rien, le téléphone lança un appel. Et là, alors que Victor craignait d'entendre la voix autoritaire de sa tante, quelle ne fut pas sa surprise d'entendre celle d'un vieux monsieur !

— Allo ?

— Monsieur Serré ? s'exclama Victor/H.I.D.

— Oui, qui est à l'appareil ? Vous savez que ce n'est pas une heure pour appeler les honnêtes gens ?

Comme tous ceux qui utilisaient cette voie téléphonique, Victor n'avait en cet instant plus souvenir des détails magiques concernant l'île et les Jeux déchaînés. En revanche, il avait toujours conscience de sa condition de passe-muraille, du corps dans lequel il se trouvait et du fait qu'il encourait un grand danger.

— J'ai un message de la part de Victor d'Aboville pour Pierre, son père, et Abel, son frère.

— Ah, le petit Victor, comment va-t-il ? Il s'amuse bien aux Jeux ?

— Oui, oui…

En cet instant, Victor eut envie de pleurer. Il pensait à son père, à la maison d'Abdon Serré, à sa loupe dans la poche de son corps perdu, et au fait qu'il ne reverrait sans doute jamais ni les uns ni les autres.

— Il m'a chargé de vous dire qu'il les aime plus que tout et que… rien ne pourra jamais les séparer.

En disant ce mensonge, Victor/H.I.D retint un sanglot qu'Abdon perçut.

— Vous avez l'air effondré, jeune homme. Que vous arrive-t-il ? Et puis, pourquoi n'est-ce pas Victor qui appelle ?

— Il a… une extinction de voix tellement il a joué ! Il s'amuse tout le temps et regrette d'avoir oublié d'appeler.

— Mais c'est son père que vous devriez joindre, pas moi !

— Il n'était pas sûr qu'il soit rentré de tournage et puis… Il a très confiance en vous, plus qu'en sa tante.

Abdon Serré ne dit rien, mais Victor sut qu'il comprenait. La montre du vieux bijoutier se mit alors à sonner le quart d'heure et entama *La Marseillaise*.

Cette résurgence d'un passé qui lui parut si lointain finit d'ébranler Victor.

— Bonne nuit, monsieur Serré, je vous aime beaucoup.

— Pardon ?!

— Je veux dire, Victor vous apprécie beaucoup, se reprit-il.

— Transmettez-lui mes amitiés sincères et l'assurance que son message sera transmis. Bonne nuit, jeune homme.

— Bonne nuit, monsieur.

Au moment où Victor/H.I.D raccrocha, la bulle se détacha de l'appareil. L'adolescent vérifia où étaient les deux animateurs — pas de danger, ils étaient trop affairés à se bécoter —, donna une impulsion contre le mât et se mit à flotter, puis à descendre lentement dans les airs. La sensation fut si douce qu'il n'eut même pas le vertige. Et après avoir dépassé le bastingage, il atterrit en contrebas du *Beltaine*, face à la forêt.

Victor/H.I.D courut sans s'arrêter en concentrant son esprit sur le village. Mille pensées le parasitaient mais, contrairement à sa première traversée de la forêt, il parvenait à garder le cap sur sa destination pour que les grands arbres lui ouvrent un chemin à peu près droit.

Aux abords du village en spirale, il eut un relent d'émotion en apercevant la maison de Crunchion allumée. Comme il serait doux de frapper à la porte de celui qu'il connaissait à présent mieux que quiconque. Crunchion lui aurait peut-être raconté comment Lilith était enfant, si elle était joueuse, aimante… À moins qu'il n'eût évoqué cet encombrant Malik !

Cette dernière pensée l'aida à poursuivre son projet. Face au cimetière, il envisagea au loin la tombe du Matador, puis ramassa une petite pierre. D'une main peu assurée, il écrivit dessus à l'aide d'un caillou calcaire :

*RDV au Marché Caché.*

Victor avait hésité, mais, depuis sa rencontre avec le Cueilleur d'âmes, il se savait incapable, même pour Lilith, de retourner de lui-même dans ce maudit cimetière. Il lança donc sa pierre et la regarda rebondir sur le marbre noir de la tombe maudite, puis finir sa course près du poème de Verlaine gravé en épitaphe. Décidément, H.I.D était un garçon bien adroit.

— Pourvu qu'il puisse participer aux Jeux ! pensa Victor en se carapatant.

L'horloge du beffroi sonnait onze heures trente quand Victor/H.I.D s'élança dans l'unique rue en spirale du village. Rares étaient les maisons encore éclairées et, en arrivant sur la place Quasi Finale, il fut surpris de découvrir la boutique du confiseur encore ouverte. Il saliva en s'approchant de sa vitrine. Ici, les fruits et légumes fourrés n'avaient pas leur place. En revanche, arbres miniatures et végétaux en tous genres avaient été reproduits en sucre coloré.

— Le confiseur doit avoir un talent fou pour aussi bien imiter la nature, pensa Victor.

Dans cette flore gourmande, des dizaines d'escargots se distinguaient. Leur coquille était peinte avec élégance, mais on les imaginait en chocolat. Les limaçons étaient la seule chose qui ne faisait pas envie, car ils étaient si bien copiés qu'on les aurait volontiers pris pour des vrais.

Victor/H.I.D poussa la porte de la boutique et eut le temps d'inspecter les merveilles du lieu avant que le confiseur ne surgisse de l'arrière-boutique. De loin, l'artisan n'avait pas semblé commode. De près, il faisait carrément peur. Victor l'aurait davantage vu en bourreau qu'en confiseur ! L'homme n'en avait ni l'hygiène ni la délicatesse. Depuis son passage dans le corps de Crunchion, Victor savait cependant que l'habit ne fait pas le moine et que cet homme aux allures de bandit cachait peut-être un cœur tendre. Comment sinon aurait-il pu produire de tels chefs-d'œuvre ?

— C'est pour quoi ? demanda le tenancier avec une voix qui n'avait rien de tendre.

— J'ai rendez-vous… en bas, dit Victor/H.I.D en montrant sa pièce-invitation et en désignant le Marché Caché.

Le confiseur grogna en lorgnant la pièce accrochée en pendentif au cou de H.I.D.

— Tu sais que les morveux de ton espèce n'ont rien à faire par ici ?

— Les morveux je sais pas, moi j'ai rendez-vous.

Agacé, l'artisan désigna d'un coup de menton le cercle en bois au centre de la place. Victor/H.I.D allait sortir de la boutique quand un escargot à la coquille magnifique attira son attention. Elle avait l'air si chocolatée, sans doute aussi finement fourrée que les fruits de l'île ! Pourquoi résister puisqu'il avait une pièce-invitation pour payer ?

— Je peux ? osa-t-il.

Le confiseur eut un sourire malin et, pour lui répondre, adopta un ton doucereux.

— Mais bien sûr, mon cher petit monsieur…

Salivant déjà, Victor/H.I.D tendit la main pour attraper l'escargot, donna un coup de langue sur l'appétissante coquille, puis la croqua. Ses yeux s'écarquillèrent de scepticisme, puis se révulsèrent de certitude, provoquant un fou rire chez le confiseur. Victor/H.I.D sortit précipitamment de la boutique et vomit dans le caniveau.

— Cette vitrine en faux chocolat est faite pour repousser les indésirables, s'esclaffa le confiseur. Nous les vrais habitants, nous évitons de nous approcher de ces escargots en excréments stabilisés !

Sans cesser de ricaner, l'homme ramassa la coquille à moitié croquée avec une petite pelle, puis jeta au loin l'exécrable repousse-touriste.

— File te mettre là-bas, tu m'as fait perdre assez de temps.

Victor/H.I.D se releva en vacillant, se rinça la bouche à la fontaine, puis se laissa tomber sur le rond en bois. Il aperçut alors le confiseur tourner la manivelle de son extrudeur de pâte de fruits et, tout en descendant sous terre, songea que cette nuit commençait bien mal…

Plongé dans une semi-pénombre, le marché semblait désert. Les lucioles n'éclairaient plus l'immense halle qu'avec une faible intensité et seul le troquet d'Eddy – la Buvette Souterraine – donnait signe de vie. Trois hommes s'y abreuvaient en ponctuant chaque gorgée d'un rire gras ou d'une blague idiote.

— Tiens, tiens, de la visite… dit le plus petit des trois, un homme au teint cireux vêtu comme un notaire.

Victor/H.I.D fut tenté de les ignorer, mais, prenant son courage à deux mains, s'approcha. Mieux valait parler aux autochtones.

— Tu viens fouiner ? l'accusa le notaire.

— Je viens boire un coup, répondit Victor/H.I.D en montrant sa pièce-invitation.

— Et pourquoi tu vas pas au Bar Quasi Normal, tu m'as l'air de l'être, toi, quasi normal !

Les trois hommes se gaussèrent, puis le plus grand, une montagne en forme de marin, vint se planter devant H.I.D.

— Mais pour venir ici, tu dois aussi être quasi anormal. Fais voir ta pièce.

Par réflexe, Victor/H.I.D serra sa médaille contre lui, puis la montra avec prudence à l'homme. Celui-ci tenta de la saisir, mais l'agile adolescent évita sa main.

— Donne ! beugla le marin.

— J'en ai besoin et j'ai soif ! tonna Victor/H.I.D pour faire croire qu'il n'avait pas peur.

— Oh, Eddy l'aurait bien aimé, celui-là ! dit le troisième larron, un teigneux longiligne aux yeux globuleux.

Il tira une immense bière bleue et la tendit à H.I.D.

— Tiens, mon grand, montre-nous que t'es un homme.

Victor/H.I.D sentit qu'il devait donner le change, au moins le temps que le Matador ne surgisse. Il contempla cette boisson dont Crunchion raffolait en se demandant comment, cette fois, il éviterait de la boire.

— Ça va m'aider à faire passer les escargots du confiseur ! finit-il par déclarer à la cantonade.

Les trois hommes se regardèrent, pas sûrs de comprendre, puis explosèrent de rire. La montagne tapa dans le dos de H.I.D comme à un pote de longue date.

— Tu as bouffé les escargots du confiseur !? Et alors, ils étaient bons ? dit-il en se bidonnant.

Rien que d'y repenser, Victor/H.I.D faillit boire la bière d'une traite. Mais voyant que sa remarque avait détendu l'atmosphère, il en profita pour demander avec assurance :

— Et à part rincer les gosiers, on trafique quoi dans ce coupe-gorge ?

La désinvolture de Victor/H.I.D n'eut pas du tout l'effet escompté. Les trois hommes s'immobilisèrent.

— Tu serais pas un espion, toi, des fois ? C'est pas une race qu'on aime beaucoup par ici.

— Vous préférez les pirates ? P't'être que j'peux en devenir un !

— Hum… On va voir ça, ricana le notaire.

Et sans crier gare, la montagne balança son poing pour corriger l'impudent. Alerte, Victor/H.I.D évita l'uppercut et profita du déséquilibre du colosse pour lui faire un virulent croche-pied. La montagne s'affala dans une confusion générale.

— Ça, tu vas le regretter, annonça le notaire en sortant un couteau courbé comme son nez.

Victor/H.I.D chercha du regard un endroit de repli.

— Donne ta pièce, morveux ! hurla la montagne en tremblant de rage.

Victor/H.I.D sauta derrière la table en spirale qui occupait l'essentiel de la salle. Le notaire se faufila dessous comme un rat, puis se releva, l'air cruel.

— Donne ou je viens la chercher…

Victor/H.I.D recula, puis courut sur la table en colimaçon. Poursuivi par le couteau du notaire et le rire mauvais de ses deux acolytes, il se rapprochait inexorablement du centre de la pièce… quand il s'arrêta, épouvanté.

Au centre de la spirale, le Matador était apparu, agenouillé comme le premier soir devant le Cueilleur d'âmes. Les rires cessèrent aussitôt. Le fantôme porta son regard vert émeraude sur les trois lascars. Il ne leur fallut pas dix secondes pour s'entasser dans le même monte-charge et se hisser avec fébrilité vers la maison du dessus en répétant :

— Pardon, pardon, pardon !

Tirée par ses deux compères, même la montagne réussit à s'engouffrer dans la trappe trop petite de l'habitation.

Le Matador se releva alors et tendit une main vers H.I.D en déclamant d'une voix rauque :

— *Sur mon âme, qui fut colombe,*

« *Viens, toi qui des cieux as le sceau.*

« *Quelquefois une plume tombe*

« *Sur le cadavre d'un oiseau.*

Victor/H.I.D avala sa salive et osa s'approcher du terrible fantôme.

— *Oh ! fais un pas de plus ! Viens, entre,*

« *Si nul devoir ne le défend ;*

« *Viens voir mon âme dans son antre,*

« *L'esprit lion, le cœur enfant ;*

« *Viens voir le désert où j'habite*

« *Seul sous mon plafond EFFRAYANT !*[1]

Victor sursauta, mais parvint à ne pas céder à la panique.

1. Victor Hugo, *À celle qui est voilée.*

— L'as-tu trouvé, jeune prétendant ? interrogea le Matador d'une voix plus claire.

Victor/H.I.D acquiesça en silence.

— Où est-il ?

— Avant… Avant de vous répondre, pouvez-vous me dire, Messire, si… si je suis bien l'Hôte Parfait, Puissant et Unique ?

Devant l'enjeu de la réponse, Victor sentit tout le corps de H.I.D se tendre et son âme s'éveiller légèrement.

Le Matador plissa ses yeux d'aigle, puis asséna :

— Parce que nul n'est maître de son destin, il te faut accepter cette vérité : tu n'es pas celui-là.

Victor éprouva un immense soulagement. Cette réponse fortifiait les maigres chances de réussite de son plan.

— Mais tu vas servir la Cause mieux que quiconque.

— Moi je crois que l'on est maître de son destin, déclara Victor/H.I.D en reculant, et que ceux qui le subissent ne font que dresser la table au Cueilleur d'âmes.

Le Matador eut un petit sourire ravi. Après des siècles d'existence, l'imprévu était ce qui lui plaisait le plus.

— Allons donc, et de quoi penses-tu être maître en te trouvant ainsi devant moi ?

— De repartir, librement.

— Après avoir fait le serment qui t'engage à la Cause, certainement.

— Si je ne suis pas l'Hôte, je ne veux pas m'engager.

— Ah ah ! Si tu n'as pas la première place, alors tu penses pouvoir aller jouer ailleurs. Mais c'est vrai que tu ressembles à ton père, tu en as bien l'insolence !

— Si vous me laissez repartir libre, je vous livre Victor d'Aboville.

Le rire du Matador laissa place à un air mauvais.

— Parce que tu te crois en position de négocier ? Tu vas me dire pourquoi tu ne l'as pas encore tué, où il se trouve, et tu vas prêter serment !

En cet instant, les jambes de H.I.D vacillèrent, comme l'auraient fait celles de Victor. Ce dernier réussit cependant à regarder derrière lui, donnant l'impression que quelqu'un était caché dans la salle.

— Promettez vite ou il va s'échapper !

Le Matador dégaina la lame de sa canne et la plaça sous la gorge de H.I.D.

— Je ne sens ici la présence d'aucune autre âme vive. Et tu vas vite comprendre, jeune baratineur, combien, à défaut de te tuer, je peux te faire SOUFFRIR !

Victor hurla tandis que son cou s'embrasait au contact de l'épée.

— Il se cache *ici* depuis le premier jour, insista-t-il en serrant les dents. Promettez, et il est à vous !

Avec l'air de celui que le jeu n'amuse plus, le démon rapprocha son index de la tempe de H.I.D.

— *Ici*, vraiment ?

À peine le doigt du Matador toucha-t-il son crâne que Victor/H.I.D eut la vision médiumnique du lieu. Les spectres du Marché Caché, tous plus effrayants les uns que les autres, entouraient la table, visiblement aussi affamés que pressés d'attirer dans leur enfer tout ce que le diable voudrait bien leur laisser.

— Oui, ici, trouva la force de répondre Victor/H.I.D. Promettez…

Face à cet affront répété, les damnés se mirent à rugir comme des bêtes.

— Que peut donc bien te soucier la promesse d'un maudit ?

— En la promesse d'un poète, j'ai toute confiance. Vous seul connaissez la force des mots.

Le Matador se retint d'enfoncer sa lame.

— Tu es inconscient.

Le démon hésita, mais, devant cet adversaire surprenant, il retira son épée en concluant :

— Tu ramperas un jour pour nous rejoindre, mais ta place ne sera jamais plus celle que tu aurais pu avoir. Tant pis pour toi. J'acte ton renoncement et je promets de te laisser repartir si tu me livres cette engeance de passe-muraille !

En contrebas de la table, les spectres fustigèrent cette décision. *Comment ?!* s'indignaient-ils. *Laisser repartir cette chair fraîche ?!*

Victor/H.I.D s'éloigna de quelques pas en se massant la gorge. Il ne sentait nulle trace de blessure alors que, l'instant d'avant, il se croyait brûlé. En revanche, l'impression de légèreté qu'il espérait était apparue, tout comme la sensation de chaleur sur son front. Cela était l'essentiel, son plan pouvait fonctionner ! Et après avoir pris une grande inspiration, il déclara, fébrile :

— Je suis Victor d'Aboville, le dernier des passe-murailles !

Le Matador resta bouche bée en contemplant son adversaire.

— Quel culot ! J'admirerais presque ton esprit chevaleresque… s'il n'était teinté de folie. Oser te présenter devant moi une seconde fois, juste pour sauver ton camarade… Quelle magnifique ineptie !

— Vous allez épargner Hector-Ingmar ?

— Quand tu auras cessé de polluer son corps, c'est lui qui me suppliera de nous rejoindre.

Victor espéra que cet Hector-Ingmar Delatour, qu'il avait protégé puis guidé vers la joie du collectif, aurait à présent assez de force pour résister à la tentation du mal. Puis, voyant le Matador fondre sur lui, il murmura un *acceleratus maturitate*, et l'impression de tomber du haut d'un immeuble fut si forte qu'il en ferma les yeux…

# Chapitre 8

## L'Hôte Parfait, Puissant et Unique

Après une longue apnée, Victor rouvrit les yeux. La sensation de chute se dissipa peu à peu et sa vue se clarifia. Éclairé par la lumière de la lune, il se découvrit assis au milieu de la luxuriante végétation d'une forêt… à l'envers !

Il écarquilla les yeux. Pas de doute, tous les arbres autour de lui étaient bien à l'envers !! D'imposantes racines poussaient vers le ciel étoilé à la place du feuillage habituel qui, lui, recouvrait le sol de la forêt en un tapis feuillu. Dimitri avait évoqué cet endroit que les habitants de l'île appelaient la Forêt Farfelue. Il soupçonnait que les druides en soient à l'origine pour cueillir leurs ingrédients sans avoir à grimper aux arbres. Cette thèse semblait incohérente à Victor qui associait druidisme et respect pour la nature. Il ne voyait pas Celui-qui-parle-aux-arbres leur demander de se retourner pour s'éviter quelques acrobaties !

Quoi qu'il en soit, sa présence ici signifiait que son plan avait bel et bien réussi. Il avait suffisamment aidé

H.I.D pour pouvoir quitter son corps et, si le Matador tenait parole, le jeune homme serait libre de repartir du Marché Caché.

Mais alors, quel était ce corps dans lequel son âme avait à présent migré ? La réponse s'imposa vite, même si elle était de loin celle à laquelle il s'attendait le moins.

Ces doigts fins, ces sandales spartiates à lacets montants autour de mollets galbés, cette tunique sans manches taillée en pointe sur les côtés et dévoilant des cuisses à la musculature élancée… Pas de doute, Victor venait de migrer dans le corps de Lilith !!

Cette découverte lui coupa de nouveau le souffle. Partager l'intimité d'une personne handicapée était une chose, celle d'un jeune homme athlétique une autre, mais alors celle d'une fille, dont en plus il était amoureux, c'était tout simplement inconcevable !

Victor/Lilith écarta les bras et se promit de ne jamais se toucher. Il ne prendrait pas de douche, il n'irait pas aux toilettes et exigerait d'Amorgen un changement express d'incarnation. Non mais !

Convaincu de ses balivernes, Victor/Lilith se releva et dérapa aussitôt. Ses pieds partirent en l'air, le renversant à la hauteur des racines des arbres. Dans la Forêt Farfelue, on marchait bien sûr à l'envers ! Les pieds de tout être vivant étaient aimantés à dix mètres du sol. Le reste en revanche ne l'était pas et, malgré sa surprise, Victor eut la pudeur de retenir la robe courte de Lilith. Rouge de honte, il regarda tout autour de lui – personne –, puis noua les pans de la tunique entre ses jambes façon couche-culotte !

Les cheveux dressés sur la tête, il admira ensuite le lieu fantastique où il se trouvait. Des racines denses et larges semblaient former un feuillage. Autour d'une racine centrale, radicelles et filaments s'échappaient vers l'extérieur comme une chevelure. Celle-ci était entremêlée avec du mycélium blanc, ces sortes de fibres de champignons par lesquelles transitaient nourriture et information.

— C'est grâce à eux qu'Amorgen sait tout, se dit Victor en espérant qu'en cet instant il était au courant de la situation ubuesque dans laquelle il se trouvait.

Ne sachant ni où aller ni pourquoi il se trouvait là, Victor/Lilith chercha la direction du village, d'où il pourrait facilement rejoindre le *Beltaine*.

C'est alors qu'il le vit arriver.

À son pas assuré, Victor se dit qu'il ne devait pas être gêné comme lui par l'afflux de sang dans sa tête à l'envers. Il tenait à bout de bras tendu la même valise que l'autre jour, mais son sourire avait disparu.

— Bonsoir, chère Lilith, dit Charles Verneuil. Ton père t'a donc transmis mon message ?

Victor/Lilith et sa chevelure dressée acquiescèrent docilement.

— Je suis soulagé que tu sois là, dit-il en regardant autour de lui avec inquiétude. Suis-moi, tu cours un grand danger.

Victor avait été apaisé de retrouver Charles Verneuil, mais cette introduction rompit la courte accalmie. Elle lui rappelait qu'il n'était pas arrivé dans le corps de Lilith pour rien et que, au-delà de ses considérations infantiles, il devait probablement l'aider dans une étape décisive de sa vie. Après ce qu'il venait de vivre au Marché Caché, cela faisait beaucoup. Mais avait-il le choix ?

À l'orée de la Forêt Farfelue, Charles Verneuil eut le réflexe de lever les mains vers le sol. Il put ainsi se réceptionner en effectuant une élégante roulade alors que la pesanteur reprenait ses droits. Victor/Lilith ne fit pas de même et, surpris, s'écrasa lourdement sur un lit de mousse. Charles Verneuil se mit aussitôt à l'observer avec suspicion.

— À qui ai-je affaire ? finit-il par dire.

Victor/Lilith se releva en se frottant la nuque.

— Quelle drôle de question !

— Pas plus surprenante que cet incident. Pour quelqu'un qui a grandi ici, avoue que c'est troublant !

— J'avais la tête ailleurs, vous me faites peur en me parlant de grand danger.

— Hum… Eh si tu me racontais un peu comment ton père a évité le bannissement ? la testa-t-il sur un ton inquisiteur.

— Grâce à vous, monsieur, dit Victor/Lilith avec sang-froid.

— Très bien, et si tu me parlais de ta mère à présent ?

La question était un piège. Par son passage dans le corps de Crunchion, Victor savait que ce dernier n'avait pas eu de compagne puisqu'il avait trouvé les enfants dans l'épave d'un bateau. Mais qu'avait-il dit à son patron ? Il lui avait menti au début, mais ensuite ?

— Vous savez qu'il n'y a rien à en dire, finit par bluffer Victor/Lilith alors que Charles Verneuil le scrutait.

Celui-ci sembla se satisfaire de cette réponse ambivalente et, après avoir fait signe à Lilith de le suivre, se dirigea vers sa demeure.

Dès qu'ils passèrent le seuil de la porte, Victor/Lilith fut saisi par l'ambiance morbide qui régnait dans la maison. Il s'arrêta, prit une grande respiration et, grâce au don médiumnique de Lilith, constata avec stupeur que le lieu était bien hanté par toutes sortes de créatures fantômes. Des serpents et des rats écorchés furetaient dans les recoins à la recherche d'une hypothétique sortie. Des adultes ressemblant à Charles Verneuil erraient également dans les étages, les yeux mornes. Leur désespoir faisait peine à voir.

Victor/Lilith songea à fuir, mais Charles Verneuil referma la porte.

— Je sais ce que tu vois, mon enfant, c'est pour cela que je ne t'avais jamais invitée après le coucher du soleil. Cet endroit héberge de bien pauvres bougres. J'ai tenté de l'assainir, mais à quoi bon ? Comme moi je ne les vois pas, nous cohabitons sans trop nous gêner !

Victor/Lilith acquiesça, peu rassuré.

— Mais ces gens, on dirait qu'ils sont de votre famille…

— C'est ce que m'a dit un jour un médium. Il trouvait que ces fantômes ressemblaient aux tableaux de l'escalier.

— Et vous n'avez pas essayé de communiquer avec eux ?

— Si, dit-il en s'engageant dans les premières marches, et ce que j'ai appris n'a rien de rassurant. Il semble que tout Verneuil qui meurt reste inexorablement non attaché à cette demeure…

En montant l'escalier, Victor contempla les portraits sur les tableaux et constata leur ressemblance avec les fantômes qui rôdaient. Gêné par leur regard curieux, il remonta la capuche de sa tunique.

Dans la salle à manger, Victor/Lilith fut surpris de ne percevoir aucune présence spectrale. À la seule lumière du feu, probablement préparé par Crunchion, il observa Charles se servir un verre, puis se rapprocher de la flambée. À cette saison et avec cette douceur nocturne, cette frilosité parut suspecte à Victor.

— Ma chère enfant pleine de dons, commença Charles avec un ton grave, as-tu idée de la raison de mon absence ?

— Voyage d'affaires ?

— D'affaires de la plus haute importance. Es-tu au courant de la menace qui plane sur notre île et sur le monde entier ?

Victor/Lilith acquiesça.

— Je m'en doutais. Tu as donc entendu parler du Cueilleur d'âmes et de sa probable incarnation ?

— Dans l'Hôte Parfait, Puissant et Uniq…

— Qui t'en a parlé ? coupa Charles Verneuil.

Victor/Lilith se mordit la langue, il ne devait surtout pas trop en dire.

— Hector-Ingmar Delatour.

— Évidemment.

Victor faillit ajouter que H.I.D rêvait d'être l'Élu, mais serra sa langue entre ses dents.

— Je suis allé consulter en Asie le plus grand voyant actuel, maître Xse. Puisque tout indique que l'heure de l'incarnation du Cueilleur approche, je voulais savoir s'il connaissait l'identité de l'Hôte Parfait, Puissant et Unique.

— Et c'était le cas ? s'inquiéta Victor/Lilith.

— Ça l'était, et je sais maintenant que cette personne… C'est toi, Lilith !

# Chapitre 9

## La véritable mort de Laura d'Aboville

— Je… vous demande pardon ? balbutia Victor/Lilith.

— Il y a de quoi être perturbé, je le sais. Et si ce qu'a dit ce voyant est juste, tu es en grand danger.

— Mais pourquoi… pourquoi moi ?! Il y a plein de gens bien plus aptes pour… pour dominer le monde. Tenez ce… cet Hector Delatour par exemple !

— Justement, il est trop ambitieux et trop sûr de lui. Jamais il ne touchera toutes ces âmes qui ont déjà un genou à terre. Alors que toi, avec ton visage d'ange, ta pureté et ton empathie, tu séduiras le monde sans éveiller de soupçon.

Cette analyse désespéra Victor. Non seulement la situation qu'il vivait était plus périlleuse que la précédente, mais celle de sa tendre amie l'était encore davantage.

— Je ne suis pas sûre de comprendre…

— Une fois incarné, le Cueilleur sera un peu comme Jésus qui s'est fait homme. Il n'aura jusqu'à sa mort nul autre pouvoir que ceux de son hôte. Voilà pourquoi le choix est si stratégique.

— Il faut prévenir Amorgen !

— Nous irons le voir demain à la première heure. Mais en attendant, je te propose de dormir ici.

Victor/Lilith eut un mauvais pressentiment.

— Mais… pourquoi m'avoir fait venir à vous en pleine nuit ? N'étais-je pas plus en sécurité au *Beltaine* ?!

— Je voulais au plus vite te confier ceci…

Charles Verneuil sortit une amulette de sa poche de costume, une pierre plate très ancienne trouée en trois points. Elle était d'apparence quelconque, mais Victor/Lilith devina qu'elle était ensorcelée.

— Maître Xse me l'a donnée pour toi. Il m'a assuré qu'elle empêcherait quiconque de s'incarner en toi.

— Une simple pierre peut-elle vraiment repousser le plus grand des démons ? s'inquiéta Victor/Lilith, sceptique.

— Maître Xse ne se trompe jamais, assura Charles en portant l'amulette au cou de Lilith.

Mais celle-ci recula, méfiante, et dévisagea Charles Verneuil. Malgré les dons de la jeune fille, Victor était surpris de ne rien ressentir le concernant, ni en positif ni en négatif, comme s'il était transparent. Comment dès lors lui faire confiance, surtout après le drame ayant suivi leur dernière rencontre ? Il repensait à son face-à-face avec le terrifiant Cueilleur d'âmes quand Charles insista, l'air blessé :

— Allons, mon enfant, depuis le temps que l'on se connaît, tu doutes de mes intentions ?

Victor/Lilith prit l'objet dans sa main et l'ausculta.

— Je vais le mettre pour dormir, mais avant j'ai besoin de me familiariser avec cet… objet magique.

Comme un père inquiet, Charles Verneuil posa sa main sur son épaule.

— Comme tu veux, mais s'il te plaît, fais-le ! Je pense que toi comme moi n'avons aucune envie de voir débarquer un démon dans la nuit… Maintenant, mon enfant, si nous voulons profiter de quelques heures de repos, je te propose que nous allions nous coucher.

Charles guida Lilith vers la grande chambre où Victor avait dormi. Ce dernier avait encore mille questions à lui poser concernant sa mère. Tout serait tellement plus simple s'il lui disait tout. N'était-il pas au fond l'homme le plus aimé et respecté de l'île en dehors d'Amorgen ?

Il envisageait de se dévoiler lorsqu'ils entrèrent dans la chambre. On ne peut pas dire que Victor fut ravi de retrouver son horrible collection de miroirs de sorcières et ce lit qui… Le lit ! Le baldaquin n'était à présent plus drapé d'un velours rouge, mais vert !

— Si cela te convient, tu dormiras dans les draps du jeune Malik. Cette chambre est restée inoccupée depuis la nuit qu'il avait passée ici et j'avoue que ma tristesse m'a fait l'éviter depuis lors.

Avec la stupeur de celui qui se découvre dans un film d'horreur, Victor se répéta cette phrase dans sa tête. Exactement celle que Charles lui avait dite au sujet de sa mère !

— Malik a… Il a dormi ici ? bredouilla-t-il.

— Bien sûr, deux jours avant sa mort, tu ne le savais pas ? Tu te souviens que sa mère et moi étions amis. Leur disparition m'a tellement peiné…

Victor n'en doutait pas, pas plus qu'il fallait se méfier de ce type comme de la peste !

— D'ailleurs, pour te faire une confidence, il m'a semblé certaines nuits apercevoir dans le cimetière le fantôme de Malik…

— Les enfants fantômes ne sortent pas la nuit ! affirma Victor/Lilith sans parvenir à retenir une pointe d'agressivité.

Charles regretta ses paroles.

— Oh… oui, sans doute. J'ai dit : « il m'a semblé », rien de sûr donc. Tu sais, on voit souvent ce qu'on a envie de voir.

Victor/Lilith dévisageait Charles Verneuil en se demandant qui était réellement cet homme.

— Tout ceci doit être trop douloureux pour toi… Excuse ma maladresse, mon enfant. Viens, je vais te trouver une autre chambre.

— Non, non ! Elle m'ira très bien.

— Comme tu voudras. J'avoue que je l'affectionne particulièrement…

Victor savait déjà ce qu'il allait ajouter.

— Dans cette cheminée se trouve un passage secret qui mène directement au cimetière. Quand j'étais gosse, j'adorais l'utiliser pour m'échapper et aller gambader dans la Forêt Farfelue.

— Et maintenant ? dit Victor/Lilith, provocateur.

— Maintenant ? s'exclama Charles en riant. J'ai passé l'âge de l'utiliser ! Je te souhaite une courte mais bonne nuit, jeune fille. Tu peux prendre un pyjama dans la commode, mais surtout, surtout, n'oublie pas de porter ton amulette en dormant, s'il te plaît.

Sur le point de sortir, il reprit :

— Je sais combien ce que je t'ai confié est terrible, mais aie confiance en Amorgen, lui saura quoi faire.

Vu le pétrin dans lequel il s'enlisait, Victor nourrissait quelques doutes à ce sujet.

Dès que Charles Verneuil fut sorti, il tira le verrou de la porte, puis s'approcha du lit. Comme l'autre fois, les draps étaient grossièrement tirés. On aurait dit que quelqu'un y avait dormi la veille. Pressentant ce qu'il allait y trouver, il ouvrit la literie et plongea son nez en son creux. Une dominante de palmarosa mêlée à de l'herbe sèche et à une odeur de pin délecta ses narines. Le tréfonds de la mémoire de Lilith se réveilla alors et Victor sut qu'il était en train de sentir le savon de Malik. Comme le sien l'autre fois, le corps de Lilith n'eut dès lors plus qu'une envie : se lover au creux de ce lit ensorcelé !

Mais il n'en était pas question. D'abord parce que, s'il n'avait pas passé cette nuit enchantée dans les traces de sa mère, jamais il n'aurait essayé de retrouver son fantôme dans le cimetière à une heure où tous les monstres étaient de sortie, ensuite parce qu'il était assez jaloux de ce Malik pour n'avoir aucune envie de ranimer davantage son souvenir.

Le corps de Lilith résista donc, mais Victor parvint à l'extirper du lit et à le conduire devant la cheminée. Les deux gargouilles et son propre reflet inversé l'y attendaient. Sans hésiter, il tourna le miroir et ouvrit le passage secret.

— Parfait, voilà la meilleure manière de filer en douce !

Saisissant le chandelier pour éclairer l'escalier, il aperçut son reflet dans le miroir mural du passage secret, le seul de la chambre à renvoyer une image non déformée et de plain-pied. La vision de Lilith le scotcha.

Le souffle court, il approcha les bougies de son visage dont il admira la finesse. Ses doigts s'approchaient de sa joue empourprée quand son regard se fixa sur sa poitrine naissante. Il rapprocha la lumière de sa robe… puis se reprit, prenant conscience qu'il était en train de trahir l'intimité de son amie. Il fit un pas résolu vers l'escalier, puis s'immobilisa de nouveau. Le cœur battant la chamade, il hésita, se dit qu'il ne devrait pas, demanda pardon à Lilith, puis, en regardant ailleurs, posa sa main entre ses cuisses. Une zézette, il avait bien une zézette !

Fort de ce constat lourd de conséquences psychologiques, Victor/Lilith s'engouffra dans l'escalier en se promettant de ne plus jamais toucher ce corps qui ne lui appartenait pas. Il ajouta en descendant les marches deux par deux qu'il avait hâte de retrouver son corps de petit garçon qui, certes, était grassouillet, mais qui lui avait un zizi, et aussi ses jeux d'enfant, qui eux n'étaient pas dangereux du tout, et que tout ça commençait à bien faire et qu'il allait peut-être même porter plainte et qu'il aurait dû écouter son père et qu'il détestait les filles et que même le grand Kevin commençait à lui manquer et…

Et il s'arrêta là, car il était arrivé au palier du souterrain. Depuis l'intervention d'Amorgen, la topographie avait changé. La galerie qui remontait vers le cimetière était effondrée et la suite de l'escalier était comblée par une roche sombre ressemblant à celle du volcan. En voyant cela, Victor reprit un peu espoir. La magie d'Amorgen était puissante. Il fit face aux deux galeries restantes et, guidé par l'intuition de Lilith, choisit celle de gauche.

La galerie menait à un puits que Victor/Lilith put remonter grâce à des échelons en fer. En haut, l'issue était bouchée, mais un « classique » miroir œil-de-sorcière lui renvoya son image inversée. Victor hésita, car il avait l'impression d'être encore sous la maison. L'inconscient de Lilith ne l'avait-il pas ramené sur les traces de Malik ?

Il tourna tout de même le miroir et le reflet de la jeune fille se remit à l'endroit avant de rire de manière diabolique. Une Lilith satanique ! Victor en eut la chair de poule, mais concentra son regard vers la trappe qui s'ouvrait au-dessus de lui. En la traversant, il comprit qu'il était bel et bien revenu dans la maison Verneuil. Quelle guigne ! Et il n'eut même pas le temps de découvrir dans quelle partie du bâtiment il se trouvait qu'il reçut un coup sur la tête. Sonné, Victor tenta de distinguer son ennemi, puis comprit que son crâne avait juste percuté deux plombs suspendus. Une horloge ! Il se trouvait dans une vieille horloge et ces poids étaient ceux de son mécanisme. Voilà des lustres qu'ils n'avaient dû être remontés !

Se frottant le crâne, Victor/Lilith observa par la vitre de la pendule et constata qu'il se trouvait dans le salon-bibliothèque du rez-de-chaussée. Royaume de poussières et d'araignées, l'endroit paraissait aussi inusité que les trois premiers étages de la maison. Victor rebroussait chemin quand il entendit :

— Ne partez pas, voyons, pour une fois que j'ai un peu de compagnie…

Victor/Lilith entrouvrit la porte de l'horloge-passage secret et aperçut… Charles Verneuil, assis dans un fauteuil !

Enfin, plus précisément, un fantôme ressemblant à Charles, l'ennui et le désespoir en plus.

— Qui… Qui êtes-vous ?

— Charles Verneuil, troisième du nom.

— Vous… Vous vous ressemblez tous beaucoup dans la famille !

— Si vous m'accompagnez pour mon thé de quart-nuit, dit le fantôme en portant à ses lèvres une tasse vide, je serai ravi de vous raconter pourquoi.

Cet esprit paraissant inoffensif, Victor/Lilith accepta l'invitation. En traversant le salon, il fut impressionné par la bibliothèque murale ornée de ronces en bois sculpté et remplie de livres cendrés par le passage du temps. Peu rassuré, il s'assit dans un fauteuil face au fantôme en soulevant un nuage de poussière.

— Nous manquons de petit personnel pour faire le ménage, n'est-ce pas ? dit le spectre en protégeant sa tasse vide.

Il semblait tellement ravi de la visite de Lilith qu'il contemplait cette dernière sans commencer son récit.

— Et donc, vous êtes… l'arrière-arrière-grand-père de Charles ?

— Absolument pas, je suis son fils.

— Pardon ? s'exclama Victor/Lilith en pensant avoir mal entendu.

— Je suis son fils, le troisième très précisément.

— Mais… on dirait que vous venez d'un autre temps ! dit-il en envisageant le costume baroque de son interlocuteur.

— C'est le cas puisque je suis né en 1802… et fut occis en 1840.

— Donc vous ne pouvez pas être le fils de Charles Verneuil !

— Je le suis. Mon père m'a tué pour prendre mon corps. C'est sa manière très personnelle de se rendre éternel. Il fait un enfant et hop, quand il se sent trop vieux, il prend son corps !

— Mais c'est horrible !

— Ça l'est, mais c'est ainsi depuis des siècles. Souhaitez-vous le témoignage de mes frères ? Enfin, mes frères… Eh eh, qui techniquement sont aussi mes petits-enfants… Bref, voulez-vous que je les appelle ?

— Non, non, je vous crois, dit Victor/Lilith en repensant à toutes les pierres tombales qu'il avait vues dans la chapelle. Mais… comment est-ce possible ?

— Depuis des siècles, notre père prépare l'arrivée de son maître, le Cueilleur d'âmes.

Cette nouvelle glaça Victor. Il se doutait de la culpabilité de Charles Verneuil, mais n'imaginait pas qu'il fut corrompu à ce point.

— C'est une vieille âme donc qui, avec l'expérience, a appris à tromper tout le monde. Personne ne peut déceler l'esprit noir qui se cache en cet homme d'apparence sympathique. Ni vous ni même Amorgen.

— Même Amorgen ?

— Il y a bientôt trois cents ans, Charles s'appelait Fintan. C'était un druide puissant spécialisé dans la métamorphose animale. Mais un jour il s'est tourné vers la magie noire et a disparu. Il s'est fait oublier, suffisamment pour que tout le monde le croie mort. En réalité, il avait pactisé avec le Cueilleur d'âmes. Celui-ci avait prédit que l'ancêtre d'Amorgen créerait une Colonie

Fantastique sur cette île. Il est alors venu s'implanter dans ce village de naufrageurs et a accueilli le grand-père d'Amorgen lorsqu'il a voulu créer les Jeux déchaînés.

— Dans quel but ?

— Comme vous le savez, cette Colonie a été conçue pour réenchanter le cœur des enfants déjà marqués par l'existence. Mais pour Fintan, ce lieu pouvait surtout servir à attirer les enfants passe-murailles repérés de par le monde. Ces enfants ignorent souvent tout de leur particularité et sont des êtres solitaires, voire marginaux. Ils sont donc ravis d'être invités à venir passer l'été dans cette Colonie d'où tous les participants repartent « tous, toujours, enthousiastes » ! Malheureusement, le pire leur arrive quelques mois après la fin de l'été. Car, pendant leur séjour, tous les enfants passe-murailles dorment dans la chambre des souvenirs.

— La chambre des souvenirs ?

— Celle où vous avez failli dormir. Et de laquelle vous avez bien fait de vous extirper. Vous alliez sinon…

— … filer tout droit au cimetière ?!

— Exactement. Tous les enfants passe-murailles ont dormi dans cette chambre et ont eu rendez-vous avec leur souvenir le plus cher. Ils ont ensuite tous croisé le chemin du sinistre Matador…

Stupéfait par ces révélations, Victor se demanda dans quel cauchemar il avait mis les pieds.

— Pourquoi vous me confiez tout ça ? Vous êtes de la famille de Charles après tout ! D'ailleurs, les enfants du cimetière m'ont dit qu'ils avaient croisé le Matador loin de l'île, pas du tout dans ce cimetière, ni après avoir dormi dans cette chambre des souvenirs !

— Ah ah, oui, c'est une des subtilités de cette malédiction. L'enfant maudit oublie sa rencontre avec le Matador et se souvient juste avoir passé une nuit agitée de cauchemars chez le charmant Charles Verneuil. Cela permet de garder le piège bien secret, génial non ?

— Je ne sais pas si je dois vous faire confiance, insista Victor/Lilith, abasourdi.

— Je vous rappelle qu'il m'a tué, moi et ma descendance. Et que depuis qu'il a élu domicile sur cette île, nous sommes bloqués dans cette maison, condamnés à l'ennui le plus terne !

— Mais… il n'a plus de descendance à présent ?!

— Nous y arrivons. Il n'a pas de descendance car un grain de sable s'est immiscé dans son engrenage bien rodé. Et ce grain s'appelle… Victor d'Aboville.

À l'évocation de ce nom, des murmures d'approbation se firent entendre. Victor/Lilith découvrit qu'une bonne dizaine de fantômes ressemblant plus ou moins à Charles Verneuil écoutaient le récit, certains allongés par terre, d'autres assis sur un fauteuil ou un canapé. Comblés par la présence de Lilith, ils la saluèrent par de petits coucous charmés. Victor/Lilith leur répondit d'un petit signe de main, davantage choqué par ce qu'il venait d'entendre que par leur présence.

— Et… en quoi Victor est un problème pour lui ?

— Il y a douze ans, Charles Verneuil reçut l'ordre de tuer Laura d'Aboville, une passe-muraille non révélée…

Sa mère, tuée et non accidentée ! Victor/Lilith serra fermement son accoudoir et tenta de rester calme malgré cette terrible nouvelle.

— Notre père attira donc Laura en lui proposant de subventionner sa future pièce de théâtre. Mais quand l'actrice arriva chez lui, il éprouva de suite une attirance qu'il n'avait pas connue depuis un siècle au moins. Perturbé d'être encore capable de tomber amoureux, il l'empêcha de se rendre au cimetière après qu'elle eut dormi dans le lit des souvenirs.

— Excusez-moi, mais… savez-vous quel fut son souvenir envoûtant ?

— Hum… je ne suis plus sûr, son père peut-être ?

Un débat commença aussitôt entre les fantômes Verneuil.

— Non, c'était son mari.

— Pas du tout, puisqu'il était en vie, c'était son doudou !

— N'importe quoi, elle n'aurait pas été dans un cimetière à trois heures du matin pour rechercher le fantôme de son doudou !

— En tout cas, ça finissait en « ou ».

— Sa nounou peut-être ?

— Son chien Loulou ?

— Philou ? proposa Victor/Lilith.

— C'est cela !! répondirent en chœur les fantômes.

— C'était son grand-père, mon ami Victor m'en a souvent parlé.

— Et donc, reprit le conteur en se resservant du thé qui n'existait pas, il l'empêcha de descendre au cimetière pour rejoindre le mirage de son grand-père. Et quand elle insista, sous l'emprise du sortilège du lit des souvenirs, il la raccompagna lui-même hors de l'île, en pleine nuit !

— Il était amoureux de ma mère… laissa échapper Victor malgré lui.

— Plaît-il ?

— Je veux dire, il était encore capable de tomber amoureux…

Un autre fantôme surgit derrière l'épaule de Victor/Lilith, suspicieux.

— Vous avez dit : « Il était amoureux de *ma* mère ».

— Je suis dys…

— … lexique ?

— Dysorthographique ?

— Dyscalculique ?

— Dysphasique ?

— Dysfonctionnelle et susceptible ! trancha Victor/Lilith avec assez d'aplomb pour faire reculer le fantôme inquisiteur.

— Quoi qu'il en soit, reprit l'aïeul, cela l'arrangeait, car il n'était déjà plus tout jeune et devait songer à avoir un nouveau fils dans lequel il s'incorporerait un jour.

— Mais quelle horreur ! répéta Victor/Lilith.

— N'est-ce pas… Et ce plan ne respectait pas celui du Cueilleur d'âmes. Charles Verneuil courut donc chez le cuisinier de l'hôtel des Trépassés, qui se trouve aussi être un devin réputé.

Victor repensa au barman de l'hôtel qui ressemblait à un boucher aveugle et se demanda s'il était possible d'avoir confiance dans les prédictions de cet homme.

— Grâce au reflet de la lune dans la bave d'une limace lentement écrasée, celui-ci lut que Laura n'était pas la dernière des passe-murailles. En revanche, il vit qu'elle était enceinte, probablement d'un garçon. Mais à ce stade, il n'était pas possible de voir s'il deviendrait lui aussi passe-muraille. Pendant des mois, Charles se morfondit, coincé entre la peur d'avoir désobéi à son puissant maître, l'envie de revoir Laura et la rage de la savoir enceinte d'un autre. Le célèbre film, qui rendait justice à son talent et à sa beauté, passait en boucle sur son projecteur.

— Il a le film de ma… de Laura ?

— Vous avez dit « ma » ! intervint le fantôme suspicieux.

— Il possède une salle entière dédiée à Laura d'Aboville ! Nous n'en pouvions plus de voir ce film ! Et chaque semaine, Charles appelait la comédienne pour savoir comment se passaient les répétitions de cette pièce qu'il bouillait d'impatience de voir.

— Une vraie pile électrique !

— Il était in-fer-nal !

Victor songea avec tristesse à ses parents. Ils pensaient avoir trouvé un mécène sincère et avaient en fait lié un pacte avec le diable.

— Mais jamais il ne vit la pièce de théâtre. Car une nuit, l'ombre du Cueilleur d'âmes surgit dans notre demeure…

En évoquant ce souvenir, les fantômes se massèrent, terrifiés, regardant autour d'eux pour vérifier que personne ne les épiait.

— L'esprit du mal sortit du tréfonds de la terre et fondit sur notre père. De sa cape gigantesque, il sortit une main armée de griffes et attrapa l'âme de Charles. Avec l'autre main, il fit danser son corps comme une marionnette ridicule devant le film de cette Laura qui l'avait ensorcelé. Charles promit de se reprendre et implora son pardon :

il avait tardé à obéir parce qu'elle n'était pas la passe-muraille qu'il cherchait, l'oracle le lui avait assuré. De rage, le Cueilleur d'âmes faillit trancher les liens invisibles qui reliaient son âme à son corps. Était-il idiot au point de ne pas penser au risque que représentait l'enfant ? Le monstre épargna finalement ce Fintan qui, sous les traits de Charles Verneuil, lui était utile depuis tant de siècles. En revanche, il le priva de son don de s'incorporer dans sa descendance. Verneuil redevenait donc mortel.

— Et c'est ainsi, reprit le fantôme inquisiteur, qu'espérant obtenir le pardon de son maître Charles insista pour faire revenir Laura, alors enceinte de huit mois !

Victor frissonna à cette évocation.

— Cette nuit-là, notre père détourna souvent le regard pour ne pas flancher devant celui de Laura d'Aboville. Et c'est avec mille regrets qu'il la guida lui-même vers le Matador…

— Officiellement, Laura a eu un accident de voiture. Son véhicule aurait foncé tout droit contre la porte d'une église.

— Mais en vérité, dit un autre, le Matador l'a maudite et elle se crut pourchassée par la pire de ses phobies…

— L'orage, je crois, avança l'un des fantômes.

— Pas du tout, c'étaient les éclairs !

— Le chocolat !

— Allons, personne n'a la phobie du chocolat ! C'étaient…

— … les explosions ? hasarda Victor/Lilith.

— Tout à fait, comment le savez-vous ?

— Je ne le sais pas… je propose, dit-il, ahuri par ces révélations.

— Et contre toute attente… l'enfant survécut. Charles, furieux autant qu'accablé, jura qu'il tuerait lui-même ce rejeton par qui son malheur était arrivé. Mais en attendant, il lui fit un petit « cadeau » de naissance…

Tous ricanèrent à en épouvanter Victor.

— Il paya le médecin légiste pour qu'il déclare que l'accident était survenu suite à une hémorragie interne. Autrement dit, il a fait croire que le bébé était à l'origine de la mort de Laura d'Aboville !

Les fantômes se poilèrent.

— Quel vicieux ce pater !

Victor crut défaillir. Lui qui avait grandi dans la culpabilité d'être responsable de la mort de sa mère découvrait n'y être pour rien. Celle-ci avait été assassinée ! Il se souvint du jour où, malgré les précautions de son père, il avait découvert les articles de journaux relatant le décès de la célèbre actrice. Les journalistes (également payés par Charles) s'en étaient donné à cœur joie pour brosser le portrait d'une star dévouée à sa famille et emportée prématurément par le fruit de ses entrailles. Elle avait presque atteint le statut de madone iconique et lui de paria, irresponsable certes, mais coupable tout de même.

— Vous vous sentez mal, jeune fille ?

Pris d'un vertige, Victor/Lilith porta machinalement à sa bouche la tasse vide proposée par son interlocuteur. Ce geste vain déclencha de nouveau l'hilarité des fantômes.

— Merci, merci, dit l'un d'eux, il y a si longtemps que l'on n'avait ri !

La jeune fille se releva, vacillante.

— Je… Je vais y aller, je crois…

Déçus, les fantômes retrouvèrent leur air morose.

— Nous avons encore plein d'histoires à faire peur ! tenta l'un d'entre eux pour la retenir.

— Je reviendrai… plus tard, dit Victor/Lilith en titubant vers l'horloge-passage secret.

C'est alors qu'un hurlement fit sursauter tout le monde.

— Ça, c'est papa qui vient de découvrir qu'Amorgen a fermé le passage !

— Et sans passage, pas de Cueilleur d'âmes ce soir, se réjouit un des Charles.

— Le Cueilleur d'âmes devait venir ? s'affola Victor.

— Bien sûr. Le lit envoûté aurait dû vous guider vers le cimetière. Et là, vous, l'Hôte Parfait Puissant et Unique, vous auriez supplié le Cueilleur d'âmes de s'incarner en vous.

— Jamais je n'aurais fait ça !

— Bien sûr que si, l'amulette vous y aurait forcée, dit l'inquisiteur avec un sourire malin.

Victor/Lilith sortit la pierre maudite de sa poche et voulut la jeter au milieu du salon. Mais une force mystérieuse l'en empêcha. Et alors qu'il luttait pour s'en débarrasser, il entendit dans les étages Charles Verneuil marcher à grands pas.

— Vite, aidez-moi ! implora Victor/Lilith.

Les fantômes se regardèrent, sceptiques.

— Désobéir à papa… Pas bon ça.

— Vous nous êtes sympathique, mais…

Victor réfléchit à toute allure et, entendant Charles Verneuil hurler de nouveau en découvrant la chambre des souvenirs vide, il sortit son va-tout.

— Je suis Victor d'Aboville, le dernier passe-muraille. Aidez-moi et je vous aiderai !

Les spectres restèrent bouche bée.

— Elle ment, finit par affirmer l'un d'eux.

— Bien sûr que non, dit Charles l'inquisiteur, je savais bien que sa langue fourchait.

— Alors il faut l'aider, sinon nous croupirons ici jusqu'à la fin des temps !

— Sortez par ici, conseilla un autre Charles en dévoilant un passage secret dans la bibliothèque.

— Surtout pas ! Passez par là, dit un autre en ouvrant un buffet sans fond.

— Mais non ! Le plus rapide, c'est par ici ! dit un troisième en faisant pivoter un grand tableau.

Paniqué, Victor entendait les pas se rapprocher sans savoir qui écouter.

— Personnellement, je partirais par-là, n'est-ce pas ? dit le plus distingué des Charles en montrant une vraie porte.

Victor/Lilith se rua sur cette issue et se retrouva dans le jardin au moment où Charles Verneuil entrait dans la bibliothèque.

— LILITH !! hurla-t-il d'une voix puissante.

# Chapitre 10

## Le druide Fintan

Comme celui de H.I.D, le corps de Lilith possédait des aptitudes de sprinteur. Il atteignit vite la Forêt Quasi Normale et s'apprêtait à ralentir lorsque quelque chose le dépassa.

Aux aguets, Victor/Lilith s'arrêta pour scruter les fourrés et repéra deux yeux qui le fixaient. Il n'eut pas le temps de se demander à qui ils appartenaient qu'un énorme tigre noir zébré de rouge se releva !

Victor brandit machinalement son poing, mais ce ne fut que pour constater l'absence d'épélastique aux doigts de Lilith. Tétanisé, le jeune passe-muraille observa son puissant adversaire : robe noire et rayures rouges auréolées de blanc, il l'aurait presque trouvé beau s'il n'imaginait déjà ses crocs carnassiers pénétrer sa chair.

Mais au moment où le fauve allait s'élancer, l'improbable se produisit : des racines d'arbres l'enlacèrent et le plaquèrent au sol ! L'animal se débattit comme un démon en grognant, et plus il feulait, plus les chaînes végétales se resserraient pour l'étrangler. Par deux fois il s'extirpa, parvenant à briser ses attaches, par deux fois d'autres le muselèrent. Vaincu par la force, l'animal opta pour une parade pour le moins surprenante : il se mit à ramollir, à fondre même, se donnant la consistance d'une pâte à tartiner !

Devenue informe, la chose palpita jusqu'à se métamorphoser… en serpent à sonnettes ! Un reptile noir à rayures rouges s'extraya des racines et, insaisissable, ondula vers Victor/Lilith. Le monstre prit son temps pour ramper, salivant de voir sa proie paniquer et s'armer d'une branche bien trop grosse pour elle. Cette dernière réussit pourtant à soulever un rondin et à l'envoyer avec rage dans la tête de son assaillant.

Le serpent en parut aussi surpris que sonné. Sa langue fourchue claqua néanmoins comme une promesse : vraiment, il en faudrait plus pour l'arrêter.

Vite, Victor/Lilith chercha un endroit de repli et remarqua le feuillage des arbres bouger au loin. Quelqu'un approchait. Se pouvait-il que ce soit…

Le reptile profita de cette seconde d'inattention pour jaillir la gueule ouverte. La vision du venin perlant au bout de ces canines acérées donna à Victor/Lilith la force d'asséner un nouveau coup… qui ne rencontra cette fois que du vent. Car, au moment de mordre, le serpent se divisa en une dizaine de formes molles qui se mutèrent en petits corbeaux à bec rouge !

Le jeune passe-muraille en tomba à la renverse. Mais quel était donc ce diable ?!

Un concert de croassements moqueurs acclama la chute. Puis les étranges volatiles se turent et, dans un silence non moins terrible, piquèrent sur Lilith. Victor la fit alors courir à perdre haleine, éviter autant que possible les coups de bec, arracher des mottes de terre pour les jeter aux yeux des corvidés et, bien malgré lui... reculer vers le cimetière ! Le passe-muraille entendait déjà le sifflement envoûtant du Matador quand la forêt s'ouvrit sur un cri lacérant la nuit :

— Fintan !! hurla Amorgen.

Armé de son bâton à serpe d'or et auréolé par le mouvement des branchages, l'archidruide avait une allure prodigieuse. Et c'est en voyant les corbeaux fondre sur lui que Victor se remémora les paroles des fantômes Verneuil :

« Fintan... Le druide transformiste, le monstre Verneuil ! »

Face à l'attaque des charognards, Amorgen posa une main au sol, invitant les racines des arbres à se soulever pour former une cage autour des assaillants. Puis le druide ferma ses doigts et la prison commença à rétrécir. Les corbeaux au bec rouge en craillèrent d'affolement. Leur espace vital diminuait peu à peu et, un instant, la victoire sembla acquise.

Hélas, les volatiles noirs reprirent une forme molle et dégoulinèrent par les ouvertures de la cage à la manière d'un fromage fondu.

Perplexe, Amorgen reposa sa main au sol, engageant les arbres à abattre leurs branches comme des marteaux aveugles. Victor crut qu'il ne resterait rien du terrible Fintan-Verneuil.

L'espoir ne dura pas. Les formes se divisèrent encore pour se transmuer cette fois en fourmis noir et rouge. Et c'est bientôt une véritable colonie qui fonça vers le druide !

— Attention ! cria Victor/Lilith.

Amorgen eut un moment de doute : viendrait-il à bout de cet adversaire évanescent ? Il leva cependant les mains vers le ciel et, comme dans le cimetière, forma une dépression.

Le bataillon était presque à ses pieds quand un éclair jaillit et frappa les fourmis dans un bruit assourdissant.

Déconfites, les survivantes se rassemblèrent pour former une mouette roussie tout juste bonne à battre en retraite.

Amorgen s'apprêtait à achever son adversaire par un nouvel éclair lorsqu'il entendit la voix suppliante de Lilith.

— Non, non, j'veux pas !!

Victor/Lilith se débattait pour ne pas mettre à son cou l'amulette qui brillait à présent d'une lueur noir et rouge. Une force magique lui faisait pencher la tête et lever les mains pour recevoir le bijou ensorcelé.

Vif comme un chat, Amorgen décrocha sa serpe et la lança. Sa lame tournoya dans l'air, faucha la pierre en écorchant le sternum de Lilith, puis revint vers lui.

Épuisé, le druide posa son regard aiguisé vers le ciel et constata avec regret que la mouette Fintan atteignait déjà la mer.

Victor/Lilith se laissa tomber à terre, mort de fatigue.

Quand il rouvrit les yeux, Victor ne reconnut pas tout de suite la maison de Crunchion. Il était allongé dans la chambre de Lilith, qu'il avait évité par respect lors de sa période « crunchionesque ». Machinalement, il toucha le haut de sa poitrine et constata la présence d'une fine cicatrice. Il n'avait pas rêvé !

— Tu te tripotes encore et tu vas m'entendre !

Victor/Lilith tourna la tête et découvrit Dimitri qui attendait son réveil.

— Dimitri ! dit-il en se relevant joyeusement.

— Calme-toi, ma sœur doit se reposer.

— Cache ta joie, tu n'es pas content de me voir en vie ? s'agaça Victor.

— J'suis content qu'tu sois en vie, mais pas que tu sois dans ma sœur.

— Mais j'y suis pour rien, moi, j'ai pas choisi !

Dimitri s'approcha, pas prêt à décolérer.

— Je te quitte plus d'un œil maintenant, et gare à toi si tu profites de la situation !

Décontenancé par cette réaction, Victor fut soulagé de voir Crunchion et Amorgen entrer dans la pièce.

— Ah, notre jeune ami s'est réveillé, se réjouit le druide.

Crunchion s'approcha de sa fille et la serra contre lui.

— Sauvé Lilith !

— Oui, mon bon Crunchion, Victor a probablement sauvé ta fille après t'avoir sauvé toi-même. Jamais je n'aurais imaginé la duplicité de Charles. Nous avions tous tellement confiance en cet homme.

— Mais comment est-ce possible ? Comment a-t-il pu vous tromper ?! s'effraya Victor/Lilith.

— La spécialité du druide Fintan est depuis toujours la dissimulation et la métamorphose. Sa magie a permis de masquer ses vibrations malsaines. Ni les enfants du cimetière, ni Lilith, ni même moi ne nous étions méfiés. D'autant qu'il était censé faire partie de l'histoire ancienne, pas actuelle.

— Mais l'île n'est pas vraiment protégée, alors ?

s'inquiéta Dimitri.

— Elle l'est, affirma Amorgen. Quand mon ancêtre a décidé de créer la Colonie Fantastique, il a fait venir une dizaine de confrères druides. Ensemble, ils ont formé un anneau de puissance qui est une véritable barrière contre les forces du mal. Seuls le cimetière, le Marché Caché et l'hôtel des Trépassés restent infréquentables à cause du passé macabre des habitants de l'île. Mais je faisais confiance aux arbres et à Charles pour me signaler toutes activités anormales. Je n'imaginais pas que la toile avait été tissée de longue date, bien avant notre venue à tous…

Une ombre passa dans le regard d'Amorgen.

— Et si j'ai aidé beaucoup de jeunes, je crains aussi avoir indirectement contribué à la perte de bien des enfants passe-murailles…

— Mais… et moi, s'inquiéta Victor, quand vais-je regagner mon corps ?

— Quand tu l'aimeras suffisamment. Alors le cycle de l'*acceleratus maturitate* s'achèvera et tu retrouveras ton enveloppe corporelle d'origine.

— Si elle existe encore ! s'exclama Dimitri.

Victor/Lilith baissa la tête. L'aventure n'était donc pas finie et l'envie de rentrer chez lui devenait de plus en plus forte. D'ailleurs, même si Abdon Serré avait pu transmettre son message, son père devait être mort d'angoisse.

— Ne t'inquiète pas. Ton âme bien vivante prouve que le Cueilleur d'âmes et sa clique n'ont rien pu faire pour supprimer ton corps protégé par l'épélastique. Maintenant, avant de laisser notre jeune héros se reposer, je voudrais lui dire un mot seul à seul.

Crunchion sortit en faisant un tendre petit signe

à sa fille. Dimitri le suivit, mécontent de ne pouvoir rester surveiller Victor. Une fois qu'ils furent sortis de la pièce, Amorgen s'approcha de la fenêtre et contempla le cimetière, l'air soucieux.

— L'inconvénient, commença-t-il, c'est que j'ai à présent deux personnes à protéger.

— Moi et Lilith ?

— L'avantage, poursuivit-il, c'est qu'elles sont pour l'heure réunies en une seule et même personne.

— Que dois-je faire alors ? demanda Victor.

— Ne parle jamais de l'Hôte Parfait, Puissant et Unique et ne dis surtout pas à Dimitri que sa sœur l'est probablement.

Victor/Lilith approuva même si le mensonge n'était pas naturel chez lui.

— Vois-tu, j'avais vu les signes annonçant la venue du Cueilleur d'âmes il y a des années. Parce qu'il n'existe que par la peur, il doit empêcher l'être humain de découvrir sa part de lumière. Aussi veut-il nous faire croire que nous ne savons que dominer ou consommer.

— Et ce n'est pas le cas ?

— Bien sûr que non, sinon il ne se donnerait pas la peine de s'incarner. L'ère de la Coopération Éclairée verra l'avènement d'un monde plus harmonieux où prendre soin de la vie sous toutes ses formes sera la priorité.

— Sauf que si je ne tue pas l'Hôte Parfait…

— Bien d'autres facteurs dépendent de l'avènement de cette ère qui heureusement n'a rien à voir avec toi. En revanche, il est vrai que je ne savais rien de cet oracle qui te donne un rôle terrible. J'ai besoin de temps pour l'interpréter. Alors surtout, ne le prends pas au premier degré. Ne crois pas que tu aies à tuer quiconque pour empêcher ce monstre de s'incarner. Le sens de cette prophétie peut être plus symbolique que tu ne le penses.

Victor/Lilith avait les larmes aux yeux en entendant ces mots. Si seulement le vieux sage avait raison.

— Et pour le reste, eh bien… prépare-toi à participer aux Jeux qui approchent ! Prends soin de toi, de ton hôte et profite. Tu es aussi là pour ça !

Victor regarda Amorgen en se demandant s'il faisait de l'humour.

# CHAPITRE 11

## Les Jeux déchaînés

Quand Victor ouvrit les yeux, il eut de suite une sensation étrange, comme si quelque chose en lui avait changé. Sa petite sieste sur les toilettes l'avait certes requinqué, mais il n'y avait pas que cela. Soucieux, il attrapa du papier toilette puis s'immobilisa au moment de s'essuyer. Bon sang ! Ces jambes et cette culotte de fille baissée sur ces chevilles ! Pas de doute, tout ça n'était pas un rêve, il était bien dans le corps de Lilith !

Il se souvint qu'une envie pressante l'avait expédié ici et que, après s'être soulagé, il avait refusé de s'essuyer. Il avait alors fermé les yeux, prononcé dix *acceleratus maturitate*, médité pour se libérer de ce corps, mais à part un court endormissement rien ne s'était produit.

Mécontent, il déroula la moitié du papier toilette, s'essuya à la va-vite, puis se rhabilla. Il sortit ensuite de la cabine et se regarda dans le miroir des sanitaires. Le reflet de la belle jeune fille le regardait, l'air sévère.

— Bah quoi ? l'apostropha Victor.

Sortant avec précipitation, il tomba sur Dimitri qui l'attendait.

— Tu en as mis du temps !

— Je vais vivre en maillot, comme ça je me change une fois pour toutes et je me lave dans la mer. Qu'en penses-tu ?

Voyant Victor plus gêné que lui par la situation, Dimitri valida.

— OK, mais tu te mates pas en te changeant ?

— Rhoo ! grogna Victor/Lilith en filant dans sa cabine.

Quelques minutes plus tard, Victor/Lilith glissa dans le toboggan du *Beltaine*, puis se dirigea vers la Mer Suspendue. Sur la plage, une fête se préparait pour célébrer le J-15 avant le début des Jeux déchaînés. Mamourousse courait partout pour préparer son buffet et, comme des provisions manquaient, Jaoba et Kivy en prenaient pour leur grade. Mademoiselle Viande essaya bien de prendre la défense du capitaine, mais elle ne faisait pas le poids face à la tonitruante cuisinière.

Victor/Lilith se débarrassa de sa tunique et vit H.I.D s'approcher. Depuis sa disqualification au titre d'Hôte « PPU », l'adolescent faisait profil bas et semblait avoir perdu goût à toute chose. La seule exception concernait la belle Lilith, dont il paraissait toujours aussi amoureux. Elle était devenue sa seule source d'intérêt et il rêvait de reprendre son pseudo-flirt, ce qui bien sûr était hors de question pour Victor.

— Tu me fuis ! affirma H.I.D.

— J'ai besoin d'être seule.

— Je peux me baigner avec toi ?

— Nan, puisque j'ai besoin d'être seule !

H.I.D fut très peiné par cette réponse. Comme Crunchion, il se souvenait dans les grandes lignes de ses actes, mais pas des détails ni même d'avoir été poussé à agir. Ainsi se rappelait-il que Lilith l'avait pris dans ses bras, et c'était pour lui l'essentiel.

— Tu as joué avec moi, mais au fond tu n'aimes que les macchabées, répliqua-t-il, agressif.

— J'aime surtout ceux qui respectent le désir des autres.

Victor/Lilith lança sa serviette à la figure de H.I.D, puis fila vers l'eau. Il laissa alors la mémoire de son corps s'exprimer et nagea en brasse indienne comme l'aurait fait la jeune fille.

À l'autre bout de la Mer Suspendue, l'eau devenait moins profonde et, à travers son fond transparent, Victor aperçut la plage d'octroi et les contours dentelés de l'île. Il fut néanmoins incapable de profiter de la vue. Obnubilé par le vide dans lequel était suspendue la masse d'eau, il essaya de toucher l'hypothétique fond de cet aquarium géant, mais son pied traversa l'eau sans rencontrer de résistance ! Victor/Lilith déguerpit aussitôt, horrifié par sa vertigineuse découverte. Une action non moins effroyable l'attendait alors : sa toilette.

Ses jambes bougèrent comme une nageuse synchronisée pour maintenir son corps à flot tandis que, retenant son souffle, il se frictionna si fort et si vite que personne n'aurait pu lui reprocher de profiter de la situation. Il se demandait s'il devait aussi se laver les fesses quand quelque chose l'effleura. S'éloignant prestement, il finit par découvrir qu'il était suivi par…

— Congélo ! s'exclama-t-il en découvrant son homard bleu, ainsi baptisé depuis ses retrouvailles. C'est moi, Victor ! J'ai encore *migré* et je suis ravi de te voir, mais…

ce n'est vraiment pas le moment. J'essaie de… de faire ma toilette !

Congélo disparut sous l'eau. Victor/Lilith crut l'avoir vexé et regretta ses paroles jusqu'à ce qu'un bouillonnement n'apparaisse sous lui.

L'effervescence se transforma en jet si puissant qu'il souleva la jeune fille à la surface de l'eau, puis à plusieurs mètres au-dessus !

À la demande de Congélo, Aïfé réglait à sa façon son problème de douche !

Sur le gaillard arrière du *Beltaine*, Jaoba briefait son équipe d'animateurs lorsqu'il repéra au loin l'envol de Lilith.

— Qu'est-ce que… ? sourcilla-t-il en prenant une longue-vue pour laquelle sa mana s'empressa de faire une visière.

— Que se passe-t-il ? s'alarma mademoiselle Viande.

— Incroyable ! Je n'ai jamais vu Aïfé jouer avec quelqu'un ! Elle garde ses distances en général.

L'animatrice lui arracha la lunette des mains et observa Lilith qui, morte de rire, montait et descendait au gré du jet d'Aïfé. Puis le jaillissement se tarit et elle se retrouva sur le dos de l'immense cétacé. Jaoba essaya alors de reprendre la longue-vue, mais son animatrice fétiche ne se laissa pas faire. Une courte lutte eut lieu et les deux protagonistes finirent joue contre joue à regarder par le même trou de la lorgnette.

— Cette fille n'est décidément pas banale ! conclut Jaoba, ravi de rissoler contre mademoiselle Viande.

Aïfé traversa la mer en restant à la surface pour laisser Lilith respirer. Ivre de joie, celle-ci fut ramenée vers le rivage, puis la baleine replongea. Victor/Lilith sortit de l'eau, accueilli en héros par les enfants qui avaient vu le phénomène. Tandis que la plupart l'assaillaient de questions, H.I.D s'éloigna tristement.

Le soir venu, la fête commença en retard car les animateurs avaient eu du mal à faire sortir les enfants de l'eau. Plusieurs d'entre eux s'étaient éloignés en espérant qu'Aïfé viendrait jouer avec eux. Mais personne ne revit le vieux cétacé, et la faim finit par avoir raison de leur obstination.

Sous les fluorescentes feuilles de sensitives impudiques, la Colonie dégusta la fameuse fondue aux fruits fourrés. Une fontaine à cacomiel glacé trônait au centre de chaque table et chacun put plonger un fruit dans le liquide épaissi par le froid pour se lancer dans l'aventure gustative. Le fin enrobage de cacomiel givré fut particulièrement prisé sur les melons fourrés au citron et sur les bananes truffées au cacao…

Les jours suivants furent pour Victor les plus agréables de l'été. Hormis le fait qu'il restait mal à l'aise avec son mystérieux corps de jeune fille et que, paradoxalement, la présence de son amie Lilith lui manquait, il se consacra enfin à la préparation des Jeux et profita des plaisirs qu'ils offraient. Il apprécia notamment la très ludique épreuve de la Bulle Vertige.

Pour la réussir, il fallait se mettre dans la zone de touche dédiée, en équilibre sur un pied. Une bulle digne des cabines téléphoniques du *Beltaine* enveloppait alors le joueur et s'envolait jusqu'à ce qu'il perde l'équilibre. Au moindre mouvement, la sphère éclatait et laissait tomber le candidat dans une mare de sable liquide. Le gagnant était celui qui parvenait à voler le plus haut.

Malgré son plaisir, Victor regrettait de ne pas connaître ces sensations fantastiques dans son propre corps. De plus en plus il rêvait de regagner son enveloppe charnelle. Maintenant qu'il la savait innocente de la mort de sa mère, il espérait tellement la retrouver saine et sauve. Cet espoir et la belle ambiance qui régnait entre les membres des Spinnakers l'aidaient à croire en une issue heureuse à cet été rocambolesque.

Victor/Lilith traînait souvent dans la cabine de Dimitri et de Marco. Le jeune Marseillais était devenu un grand pote et nombreuses furent les soirées à discuter de la meilleure stratégie à adopter pour les Jeux. Le Countryskel Fantôme était l'épreuve la plus fantasmée, sans doute parce qu'elle n'avait donné lieu à aucune préparation spécifique. Et même s'il était probable que personne ne parviendrait à la remporter, elle pouvait potentiellement changer la donne pour n'importe quelle équipe.

— Mais c'est quoi au juste, un tryskel ? interrogea Victor/Lilith.

— C'est un truc d'environ vingt centimètres de haut, répondit Dimitri en dessinant dans les airs trois spirales entrelacées.

— Vingt ! Tu rigoles ? s'exclama Marco. Ça doit faire au moins quarante centimètres pour qu'on puisse le repérer !

— En tout cas ça peut apparaître n'importe quand pendant les Jeux et n'importe où sur l'île. On a alors trois heures pour le retrouver, sachant que la plupart des tryskels ne sont que des apparitions qui disparaissent quand on les touche.

— J'espère qu'il n'apparaîtra pas dans le cimetière… s'inquiéta Victor/Lilith.

— Meuh non ! Countryskel, ça appelle à voir du pays, un nom pareil ! Moi je vous parie dix kumquats chewing-gums que le vrai tryskel apparaîtra à l'autre bout de l'île. Histoire de nous faire courir un peu !

— Amorgen a dit qu'il fallait apprendre à dépasser son intérêt personnel pour avoir une chance de remporter cette épreuve, précisa Victor/Lilith, méditatif.

— Ça veut dire qu'il faut penser à une stratégie d'équipe ! s'emporta Marco.

— Oui, approuva Dimitri en désignant l'île gravée sur la vieille table de la cabine. Il faudrait qu'on quadrille l'Entremondes et qu'on se le répartisse par binôme, histoire de n'oublier aucun recoin.

— Et vu comme vous connaissez bien l'île tous les deux, nous avons un sacré avantage ! s'enthousiasma Marco.

Puis le grand jour arriva enfin. Le match d'ouverture des 196es Jeux déchaînés donnait l'occasion aux Cabestans et aux Cunninghams de s'affronter. Entre les enfants de la Colonie et les villageois de l'île, le public était nombreux à avoir pris place autour du grand stade végétal. Sous un tonnerre d'applaudissements, Amorgen entra, suivi du maire du village, monsieur Pignon, un petit homme sec très stressé par l'événement, d'un Jaoba dansant et de son équipe d'animateurs. Signe de grand jour, le capitaine portait des fleurs d'hibiscus dans sa barbe ainsi que son pagne de sensitives impudiques.

Tous les officiels se positionnèrent au centre de l'aquaplane recouvert par un ponton en bois, puis Amorgen leva religieusement son bâton porte-serpe vers le ciel. Victor/Lilith, assis entre Dimitri et Marco dans les gradins, se demanda s'il allait encore faire pleuvoir. Mais le druide se contenta de planter son bâton en plein milieu de l'aquabut. Il s'éclaircit ensuite la voix et s'adressa à sa serpe. L'onde vocale s'y propagea et résonna dans toute l'enceinte du volcan.

— Mes enfants, commença-t-il d'une voix grave, vous qui venez d'un monde où la peur guide la vie, je veux vous remercier.

Victor eut une pensée pour son père chez qui la peur d'être seul avait ouvert la porte à sa *tyrannifique* grande sœur.

— Tout au long de cet été, vous avez tout fait pour trouver et valoriser une ressource cachée en vous et reconnaître celle des autres. Vous avez espéré, vous avez ri, vous avez parfois douté, mais toujours vous vous êtes soutenus et avez dépassé vos craintes. En ce jour officiel de début des Jeux, la vibration de joie et d'amour que je sens dans vos cœurs est tellement plus forte qu'à votre arrivée ! Prenez donc un instant pour sentir ce qui a grandi en vous…

Amorgen se recueillit et, passé la gêne, beaucoup d'enfants l'imitèrent. Victor approuva en son for intérieur. Le petit garçon peureux, complexé et solitaire, qui vivait dans l'ombre de son frère, s'était révélé capable d'un courage extraordinaire. Une joyeuse envie d'explorer la vie galopait à présent en lui, si bien sûr on lui en laissait l'occasion…

— Tout au long de ces Jeux, je vous souhaite donc de garder cette vibration comme guide. Ainsi, vous qui souhaitez faire gagner votre équipe, sachez que le résultat ne compte pas. Seul le chemin pour y arriver est important.

Ce dernier point ne remporta pas l'unanimité chez les enfants pour qui, quand même, la victoire valait mieux que la défaite.

— Pour incarner l'esprit de ces Jeux, je vais à présent vous en rappeler les règles d'arbitrage. Un point sera attribué pour chaque but marqué…

Tous les enfants se contractèrent en réécoutant ces règles qu'ils connaissaient pourtant par cœur.

— … cinq points seront accordés à l'équipe ayant le plus d'humour, cinq pour celle ayant fait preuve du plus de fair-play, et vingt points si une équipe réussit l'épreuve du Countryskel Fantôme !

Un brouhaha se souleva dans le public.

— Elle devrait être supprimée, cette épreuve, souffla Marco. Il paraît qu'à part le père de H.I.D, personne ne l'a jamais remportée.

— En revanche, poursuivit Amorgen, un malus Mauvais Joueur sera attribué à toute équipe n'ayant manifestement pas intégré l'esprit de ces Jeux. Dix points seront ainsi enlevés à ces joueurs.

Cette perspective de malus paraissant hautement plus probable que celle d'une victoire au Countryskel, une nouvelle clameur s'éleva.

— H.I.D en parle moins, mais il paraît que son père a aussi failli gagner ce pactole-là, rigola Dimitri.

— T'inquiète, son fils y arrivera !

— Sur ce, je déclare les 196$^{es}$ Jeux déchaînés ouverts !

Les officiels sortirent sous une salve d'applaudissements et les pontons furent enlevés du terrain. Les quatre aquaplaneurs des Cabestans arrivèrent sur l'eau en dérapant sur une ligne parallèle. Ceux des Cunninghams préférèrent l'humour au style et imitèrent des patineurs… sans patin.

Après quelques cabrioles sur l'aquaplane et rires dans le public, le sifflet de Jaoba invita chacun à se placer dans son espace de jeu et à se tenir prêt. Le stade entier entendit alors l'aquaballe remonter du ventre du volcan, puis s'éjecter au-dessus du but. Les attaquants de chaque équipe essayèrent aussitôt de la saisir, et ce fut les Cunninghams qui s'en emparèrent. La balle molle circula entre trois des joueurs, puis allait rejoindre le quatrième quand un Cabestan surgit et l'expédia d'un coup de tête dans une zone d'escrime.

L'escrimeur des Cabestans leva aussitôt son épélastique pour mettre en garde son adversaire des Cunninghams. Au coup de sifflet de Jaoba, une joute brève mais intense se déroula. Après quelques croisements d'épée, le Cabestan changea son épélastique de main et, profitant de l'étonnement de son concurrent, lui fouetta malicieusement la fesse. Touche remportée !

À peine eut-il remis l'aquaballe en jeu que son équipe enchaîna les trois passes réglementaires avant de tenter un tir. Hélas, l'aquaballe tourna en haut du but en forme d'entonnoir et en ressortit après un suspense de plusieurs tours. Un mouvement de déception se fit sentir dans le public.

Les Cunninghams récupérèrent la balle et, plutôt que de filer vers l'objectif, prirent le temps de tenter quelques passes et dérapages mal contrôlés. Clairement, ils misaient sur le bonus Humour. L'un d'eux croqua même l'étrange balle en forme de moshi géant. Comme si elle était vivante, celle-ci se mit alors à rebondir sur l'aquaplane, entraînant derrière elle le pauvre joueur !

Après une heure trente de jeu, les Cunninghams s'inclinèrent sur le faible score de 5 à 8, après avoir néanmoins pris un net avantage niveau fair-play et humour, ce qui d'une certaine manière leur donnait une avance potentielle.

Pendant que les Roufs affrontaient les Cacatois, Victor/Lilith et les Spinnakers allèrent s'échauffer dans un coin du stade. Marco, le capitaine de l'équipe, se lança dans un brief stratégique avant leur rencontre avec les Brise-Lames.

— Concernant l'attaque, commença-t-il avec un accent marseillais marqué, vous craignez tous H.I.D, mais vous vous trompez. C'est mon amie et équipière Maya qu'il faut craindre. Elle, c'est une marqueuse, et H.I.D est devenu un passeur. Il se la jouait trop solo, mais, pour son équipe, pour éviter le malus, il a progressé !

Victor ressentit un sentiment de fierté en entendant ces mots. En montrant à H.I.D une autre manière de faire, il l'avait aidé à s'intégrer.

— Alors si H.I.D a progressé, nous devons nous aussi le faire !

Un cri collectif valida cette déclaration.

— Quel que soit le rapport de forces dans vos espaces de touche, ne vous laissez pas abattre. Donnez le meilleur et, au besoin, tentez d'autres stratégies.

Victor aurait bien aimé aider son équipe à l'escrime, son talent le mieux maîtrisé. Mais être présent n'était déjà pas si mal vu les incroyables rebondissements qu'il avait connus depuis son arrivée. De plus, avec ce qu'il avait appris de l'archer Crunchion, il comptait bien tenter des exploits au tir à l'arc.

Les Cacatois arrachaient de justesse leur victoire face aux Roufs, quand la nervosité de Marco attira l'attention de Victor/Lilith.

— Stressé ? lui demanda-t-il.

— Un peu… La dernière fois que j'ai disputé un match, c'était au hand avec notre jobard de coach. Il m'a tellement mis la pression que j'ai raté tous mes tirs…

— Avec Jaoba, ça devrait être plus tranquille, affirma Victor/Lilith en souriant.

— Oui, pis, de toute façon, j'ai mis le slip qui gagne.

— Le slip qui gagne ?!

— Celui que je porte quand je gagne un match.

— Et ça marche ?

— À chaque fois !

Amusé par cette information, Victor/Lilith insistait pour voir ce slip fétiche lorsque, au grand soulagement de Marco, Jaoba arriva en dansant.

— Les enfants, c'est l'heure de se bidonner, de se dilater la rate, de se gondoler la sous-ventrière, bref de… s'éclater !

Ce bref encouragement détendit tout le monde, notamment parce que la mana de Jaoba avait, comme souvent, exprimé le contraire par des signes de prudence et de rigueur.

Puis Jaoba se plaça au centre de l'aquaplane, face au capitaine de l'équipe des Brise-Lames, mademoiselle Viande. Rigolard, Jaoba lui proposa une poignée de main officielle, mais l'animatrice préféra tendre la sienne pour recevoir un baisemain. Alors qu'il s'exécutait, sa mana en profita pour grimper sur l'animatrice et la chatouiller sous les bras, ce qui fit rire au moins le public.

Les équipes prirent ensuite place sous des ovations marquées, spécialement pour les Spinnakers. Lilith et Dimitri étaient les enfants du pays, et même Crunchion, en tant que géniteur officiel, reçut des marques de sympathie et de soutien.

Sur l'aquaplane, les attaquants H.I.D. et Maya se positionnèrent face à Marco et Liliane, une fille aussi ronde que batailleuse. Mais dès l'éjection de l'aquaballe, H.I.D sauta le plus haut et prit l'avantage sur ses adversaires. Il fit une passe à ses équipiers arrière, lesquels échangèrent rapidement l'aquaballe avant de la renvoyer à Maya. Liliane essaya bien de la contrer, mais H.I.D chipa la balle en plongeant sur le côté. Il nagea jusqu'au mur et prit appui dessus pour se relancer puissamment vers l'aquabut. Les Spinnakers furent alors certains d'assister à la résurrection de H.I.D le soliste et se massèrent pour le détourner du but. Mais, au dernier moment, H.I.D lança l'aquaballe à Maya, qui la rattrapa pour smasher comme elle savait si bien le faire au handball. Le projectile se logea en plein cœur de l'entonnoir et offrit le premier point aux Brise-Lames. Aucun but n'avait été encaissé aussi vite depuis le début des rencontres, ce qui n'était pas de bon augure.

Le match s'avéra pourtant serré. Au fur et à mesure des échanges, l'aquaballe se retrouva dans les différentes zones de touche pour le plus grand plaisir des spectateurs. Le saut en longueur donna l'avantage à Irène qui, plusieurs fois, put rendre l'aquaballe aux Spinnakers.

Le saut en hauteur fut une épreuve de touche dans laquelle aucune des deux équipes ne domina. Il faut dire qu'elle était aussi spectaculaire qu'aléatoire. Chaque athlète devait courir avec sa perche, puis la planter dans le sol pour s'élancer. La longue tige en bois « quasi normal » agissait alors comme un ressort et éjectait les jeunes athlètes dans les airs. Le vainqueur était celui qui s'accrochait le plus haut dans le grand filet qui d'un coup s'élevait au-dessus de l'enceinte du stade. Irène assura également cette épreuve pour pallier l'infériorité numéraire des Spinnakers.

Le trente mètres sprint donna plutôt l'avantage aux Brise-Lames, mais amusa bien les spectateurs. Les athlètes devaient en effet s'élancer au coup de sifflet de Jaoba, progresser sur un sol de plus en plus boueux, qui devenait gélatineux, puis gluant.

L'épreuve de touche de la Bulle Vertige souleva également une vague d'hilarité. Par une logique impénétrable, le capitaine Jaoba avait titularisé le costaud Rodolphe pour cette épreuve. Chaque fois que l'aquaballe atterrissait dans sa zone, il prenait une pose gracieuse et essayait de rester en équilibre sur un pied malgré le décollage chaotique de sa bulle. Face au titulaire des Brise-lames, un garçon taillé comme une bonbonne et surnommé *Soda*, la compétition fut rude. Lesté par le ventre, Soda était stable comme un bouddha. Rodolphe chuta souvent avant lui, ce qui n'empêcha pas la joie du public de lui accorder l'avantage pour le bonus Humour !

Au niveau de l'escrime, Dimitri défendait la zone située au nord du terrain et gagna facilement ses premières touches. Le public chauvin en trépigna de joie. Anatole, en revanche, escrimeur de la zone sud des Spinnakers, fut moins performant, et les Brise-Lames en profitèrent pour viser sa touche dès qu'ils en avaient l'occasion.

L'aquaballe attendit la 68e minute de jeu avant de se retrouver dans la zone de tir à l'arc. Angélique tira la première pour l'équipe des Brise-Lames, qui menait 14 à 13. Chacun retint son souffle car, avec sa touffe de cheveux phénoménale, tous se demandaient si elle ne tirait pas à l'aveugle. Mais un tir correct et des vents foufous favorables lui permirent de toucher la cible mouvante (qui pourtant s'était mise à tourner à toute allure sur son axe comme l'aiguille d'une montre folle).

Puis ce fut au tour de Victor/Lilith de bander son arc pour les Spinnakers. Même si ce n'était pas complètement lui, Victor était fier d'entrer enfin en piste. Pour donner une chance à sa flèche d'atteindre son but, il expira profondément, laissa le calme s'établir en lui et s'apprêta à lâcher sa flèche lorsque, soudain… une silhouette passa derrière la cible !

Le passage fut furtif, mais la mémoire de Lilith s'activa aussitôt. Cette allure et cette tignasse bouclée, ça ne pouvait qu'être celle de Malik ! Et, alors que tous les regards du stade étaient fixés sur lui, Victor/Lilith débanda son arc.

Jusqu'alors, Victor avait pris soin d'éviter de fouiller la mémoire de son hôte, parce que c'était son amie et qu'il préférait qu'elle décide elle-même de lui partager ou non ses secrets. Il n'éprouvait plus le même trouble amoureux depuis qu'il avait quitté le corps de H.I.D, mais la jeune femme continuait de le fasciner et il se voulait digne de son amitié.

Pourtant, à la vue de cette silhouette, bien des souvenirs s'imposèrent malgré lui à sa conscience. Il vit… Malik arriver à l'école en pleine année scolaire et Lilith se porter volontaire pour l'accueillir. Perdu, le jeune Marocain aux yeux de jais vint s'asseoir à ses côtés et, pour le rassurer, elle lui prit la main sous la table. Il se laissa d'abord faire, puis la serra, aussi fort qu'une promesse.

Victor aurait voulu en rester là, d'autant que la foule scandait le nom de Lilith pour l'encourager à décocher sa flèche. Mais sans lui demander son avis, des bulles de souvenirs remontèrent encore. Et il vit…

Malik, unique garçon à jouer avec les filles dans la cour de récréation. Malik perfectionnant son français avec Lilith. Malik défendant Lilith à un anniversaire, Lilith défendant Malik à la cantine, puis Lilith et Malik sur la plage de sable idée-forme. Suivant la pensée du jeune Berbère, le sable s'était assemblé pour former une petite montagne rocheuse dans laquelle étaient creusées des habitations troglodytes. Et à l'ombre de ce souvenir, Malik et Lilith s'embrassèrent pour la première fois.

— Et Lilith, tu la tires ou tu la pointes, ta flèche, mais tu la décoches ! hurla Marco.

À cet instant, Victor comprit que Lilith ne pourrait pas finir le match si le flot de souvenirs continuait à l'assaillir. D'instinct, il prit sa flèche et s'érafla la jambe avec la pointe. Le geste étonna tout le monde, mais le résultat qu'escomptait Victor se produisit. La douleur ramena Lilith à la situation présente et Victor en profita pour lancer sa flèche sans crier gare. Celle-ci tourbillonna dans l'air et se planta suffisamment proche du centre de la spirale pour remporter la touche.

Une ola s'ensuivit dans les tribunes tandis que Victor/Lilith remettait en jeu l'aquaballe en la lançant vers son équipe. Ce faisant, son regard tomba sur mademoiselle Viande, assise sur le banc de son équipe, les yeux fermés. On aurait dit qu'elle dormait… en plein match ?!

— Quelle drôle de coach, pensa Victor alors que Marco égalisait le score.

Le jeune passe-muraille chercha ensuite à repérer la silhouette qui avait tant perturbé son hôte, crut l'apercevoir de nouveau aux abords du stade et sentit que tout son corps le poussait à aller vérifier. Mais tout ça n'avait aucun sens puisque Malik était mort ! Alors, comme avec le lit des souvenirs, Victor se força à maîtriser le corps de Lilith. Il essaya ainsi de suivre la touche qui avait lieu de l'autre côté du terrain sur la zone du lancer de disque. Sung Shoel, le Spinnaker au physique de moustique, y jouait la dérision face à Ludo, la montagne de l'équipe des Brise-Lames. Mimant un fan ébahi devant la masse musculaire de son adversaire, Sung Shoel le déconcentra au point de perturber son tir. Jaoba essaya de le rappeler à l'ordre, mais ce ne fut pas simple tant le petit garçon d'origine coréenne l'amusait. Puis, après quelques génuflexions pseudo-professionnelles, Sung Shoel lança le disque à son tour et le public découvrit qu'il possédait une technique compensant en partie son manque de force. Au lieu de partir droit, son palet vrilla sur le côté et, emporté par les vents foufous, traversa tout le stade, rasa le public, puis atterrit sur l'aire de réception, juste derrière celui de son adversaire. Sung Shoel reçut l'ovation des spectateurs tandis que Ludo remettait l'aquaballe en jeu.

Un affrontement de haut niveau opposa alors Marco et Maya sur l'aquaplane. Victor, lui, peinait à suivre le match. Son corps était ailleurs, mais son esprit également. Il était évident que cette silhouette ressemblant à Malik n'avait pas surgi par hasard…

C'est alors qu'il croisa le regard de mademoiselle Viande. À présent bien réveillée, elle l'observait attentivement. Que diable cette femme acariâtre lui voulait-elle ?

La partie s'acheva sur un score de 17 à 15 en faveur des Brise-Lames. Sans jeter la pierre à Anatole (qui énervait tout le monde en livrant à chaud une analyse experte de la partie perdue), Victor songea que le résultat eût été différent s'il avait pu assurer sa partie sur les zones d'escrime.

# CHAPITRE 12

## Le Countryskel Fantôme

Les deux semaines de compétition se déroulèrent de manière hystérique. Les enfants étaient survoltés et le public, habitué de ces Jeux, suivit avec enthousiasme le parcours de certaines équipes comme les Spinnakers. Chaque groupe devait jouer six matchs selon un principe simple : une équipe gagnante rencontrait une autre équipe gagnante, et une perdante rencontrait une perdante. De cette manière, une formation un peu moins forte avait toujours la possibilité de se remonter le moral face à un groupe de même niveau. Dans tous les cas, les scores des six matchs étaient additionnés pour donner le classement d'une équipe, sans compter les éventuels bonus ou malus.

Après un parcours remarquable, les Spinnakers s'approchaient d'une nouvelle victoire à leur sixième match, mais les Tapeculs égalisèrent à 22 partout. Le capitaine Jaoba allait siffler les dix dernières minutes de jeu quand Titi hurla :

— Là, regardez !!

Le silence s'imposa dans le stade et toutes les têtes se tournèrent vers l'animateur. À quelques mètres de lui, un tryskel était planté dans le sol. Le symbole composé de trois spirales entrecroisées mesurait trente centimètres de large et brillait d'un noir intense qui rappelait la lave du volcan et l'épélastique de Victor.

— Vite, attrapez-le ! cria Jaoba.

Proches du précieux objet, Rodolphe et Angélique se jetèrent dessus et leurs têtes se rencontrèrent dans un formidable coup de boule. Tout sonné, Rodolphe regarda Angélique avec un air de reproche qui se transforma en surprise. La chute avait dégagé l'imposante chevelure de la jeune fille et l'adolescent la découvrait fort à son goût. Angélique ne le remarqua pas, car le tryskel disparut dès qu'elle l'effleura… pour réapparaître à plusieurs endroits dans le stade végétal !

— L'épreuve du Countryskel est lancée ! annonça Jaoba. Vous avez trois heures pour attraper le vrai tryskel et faire gagner vingt points à votre équipe !! Rappelez-vous, seul celui qui dépassera son intérêt personnel aura une chance de remporter cette épreuve…

Chaque enfant se rua sur ces étranges objets, mais aucun ne se révéla réel. Les tryskels fantômes apparurent peu à peu hors du stade végétal et les cent quarante-trois enfants se dispersèrent en les poursuivant.

Suivant la proposition de Dimitri, les Spinnakers se séparèrent par binômes pour essayer de couvrir l'île. Victor/Lilith et Dimitri firent équipe et, de tryskel fantôme en tryskel fantôme, se retrouvèrent au pied d'une falaise. Comme à l'accoutumée, Dimitri avait l'impression d'avoir été guidé par l'intuition de sa sœur. Mais cette fois il se trompait. Davantage que les tryskels fantômes, Victor avait remarqué les furtives apparitions du garçon dont la silhouette ressemblait à Malik. Il les avait suivies dans l'espoir de comprendre à qui il avait affaire et pourquoi.

— Là-bas ! s'exclama Dimitri en désignant ce qui de loin ressemblait à un tryskel.

Ils coururent jusqu'en haut d'une falaise et, à bout de souffle, découvrirent la présence d'une très ancienne construction en pierre.

— Un dolmen !

— Ne t'approche pas ! ordonna Victor/Lilith.

Aux aguets, ils observèrent un instant le monument. Une grosse dalle posée sur deux pierres verticales donnait accès à une pièce cachée sous un amas de pierres et de terre. Le tout était recouvert d'herbe, ce qui le rendait discret.

— C'était une chambre funéraire, informa Dimitri. Tu crois que le tryskel peut être dedans ?

— Recule ! Je sens une présence malfaisante…

La peur de Lilith contamina Dimitri. Le cœur battant, il déployait son épélastique non électrolysée quand des bruits s'échappèrent du petit bois jouxtant. Quelqu'un approchait en se déplaçant très vite.

— Ami ou ennemi ? s'inquiéta Dimitri.

— Je ne sais pas…

Victor s'attendait à voir surgir la silhouette de Malik… mais ce fut H.I.D qui apparut, mécontent de découvrir la présence de ses adversaires.

— Qu'est-ce que vous foutez là ?!

— La même chose que toi, rétorqua Dimitri. À moins que tu n'aies d'autres plans tordus derrière la tête ?

H.I.D contempla un instant Lilith avant de détourner le regard. Cette fille le rendait clairement fou.

— Je m'en fous du tryskel et de ces Jeux à la con, j'ai mieux à faire !

— Comme flirter avec le Cueilleur d'âmes et ses tueurs ? répliqua Victor/Lilith.

H.I.D. la fixa, surpris. De quoi était-elle au courant ?

— On flirte avec qui on peut, finit-il par riposter avec une sincérité d'autant plus touchante qu'elle était rare.

— Ah, mais je vois que vous êtes tous là…

H.I.D, Lilith et Dimitri se retournèrent et, sidérés, virent que devant le dolmen se tenait… Victor !

Une tempête émotionnelle envahit Victor/Lilith, à la fois ravi de retrouver son corps, et en même temps terrifié de découvrir qui se l'était approprié.

— Vous avez failli me faire attendre. J'ai pourtant tout fait pour vous guider ici au plus vite !

L'enveloppe charnelle du jeune garçon semblait en parfait état. À peine avait-il perdu un peu de ventre, ce qui n'était pas pour déplaire à Victor. Quelques brins de paille collés à ses cheveux donnaient l'impression qu'il sortait juste d'une longue sieste dans une grange. Victor ressentit aussitôt l'envie impérieuse de retrouver l'habitacle naturel de son âme. Et ce désir fut accompagné d'une sensation de chaleur autour de son front, mais aussi de légèreté globale, comme s'il n'était plus lourdement ancré dans le corps de Lilith…

— Qui êtes-vous ? demanda Dimitri avec effroi.

— Si je parle davantage comme ça, dit Victor avec un accent britannique caricatural, ça te dit quelque chose, petit chien-chien à sa grande sœur ?

— Mademoiselle Viande ! s'écria Victor/Lilith.

— Voyez que je suis une bonne animatrice. Jusqu'au bout j'aurai été capable de vous divertir !

— Mais comment…

— … suis-je dans ton corps ? Voyons, d'Aboville, tu sais pourtant que cela est facile pour une passe-muraille !

— Vous… Une passe-muraille… ?!

— Hier, l'épélastique d'Amorgen a enfin cessé de protéger ton corps. Tu te doutes que ce n'est pas l'envie de te tordre le cou qui nous a alors manqué. Mais comme nous tenons beaucoup à notre chère Lilith et que nous ne sommes pas sûrs que ta mort n'entraîne la sienne, je me suis dit que nous pourrions jouer ensemble à un dernier jeu déchaîné… Le jeu des chaises musicales !!

— Vous êtes une traîtresse !

— *Tseu, tseu*, une stratège, tout au plus. Je n'étais encore qu'une faible enfant invitée à ces stupides Jeux déchaînés quand j'ai convaincu le Matador de ne pas me faire subir le même sort que tous ces idiots qui croupissent au cimetière. Je lui ai demandé de m'épargner en échange de mon allégeance au Cueilleur d'âmes. Une passe-muraille pour liquider d'autres passe-murailles, ça peut toujours servir !

— Vous devriez avoir honte !

— Oh, je crois être bien au-delà de la honte, cher d'Aboville… Nous avons eu du mal à te repérer, tu sais. Tu es doué et discret comme parasite ! Mais j'ai eu un doute quand Aïfé a joué avec toi. Je t'ai alors tendu un piège en plein match en m'incorporant dans un enfant. Je savais qu'en l'attifant d'une simple perruque la ressemblance ferait mouche.

Victor repensa au moment où il avait surpris mademoiselle Viande en train de dormir en plein match. Elle n'était tout simplement plus dans son corps !

— Et ton absence de réaction t'a trahi. Si tu connaissais vraiment notre chère Lilith, tu saurais qu'elle n'aurait pas hésité une seconde à tout abandonner pour suivre l'ombre de son Malik.

— Il est mort !

— Bien sûr, puisque nous l'avons tué pour que notre prometteuse Lilith développe son attirance pour l'occulte. Voilà longtemps que nous la pressentions Hôte potentielle…

Dimitri fut accablé d'entendre cette sombre vérité. Depuis la mort de Malik, sa sœur n'avait cessé de le rechercher dans le monde des morts. L'absence de son fantôme l'avait poussée à prendre toujours plus de risque pour le retrouver.

— Et personne ne vous a soupçonnée… regretta Victor/Lilith.

— Mais qui aurait soupçonné l'amoureuse du joyeux capitaine Jaoba ?

— Vous êtes une tueuse d'enfants ! s'écria Dimitri.

— En tout cas moi je ne tergiverse pas, trancha-t-elle en regardant H.I.D, qui demeurait dans un silence coupable. Il est temps que tu prononces ton serment. Allons ! Nous avons assez attendu ! C'est bien pour cela que tu es venu, non ?

Pour une fois, le corps si robuste d'H.I.D semblait fragile comme celui d'un oisillon. On aurait dit qu'il attendait que sa mère vienne le chercher.

— À moins que tu hésites encore à donner de

l'envergure à ta vie ? Tu préfères rester un amoureux transi qui se ridiculise devant… Victor d'Aboville !

H.I.D serra les dents de honte et de dégoût. Il avait essayé de conquérir Lilith sans savoir qu'il s'adressait à Victor. Ce nouvel affront était de trop. Il se redressa, jeta un regard haineux à Victor/Lilith et à Dimitri, puis mit un genou à terre pour commencer sa prière.

— *Il viendra, quand viendront les dernières ténèbres ;*
« *Que la source des jours tarira ses torrents ;*
« *Qu'on verra les soleils, au front des nuits funèbres,*
« *Pâlir comme des yeux mourants ;*
« *Quand l'abîme inquiet rendra des bruits dans l'ombre :*
« *Que l'enfer comptera le nombre*
« *De ses soldats audacieux ;*[1]

À cet instant, un tryskel scintilla dans l'herbe à côté de H.I.D.

— C'est lui, cria Victor/Lilith, prends-le !

— Ne perds plus de temps avec ces choses, avertit mademoiselle Viande/Victor. Continue !

H.I.D envisagea le fameux tryskel, puis reprit son serment d'allégeance en fixant Lilith.

— *Tantôt ses traits au ciel emprunteront leurs charmes ;*
« *Tel qu'un ange, vêtu de radieuses armes,*
« *Tout son corps brillera de reflets éclatants,*
« *Et ses yeux souriront, baignés de douces larmes,*
« *Comme la jeune aurore au front du beau printemps…*

— Ne fais pas ça, Hector, supplia Victor/Lilith. Tu vaux mieux que ça, ton équipe a besoin de toi, *nous* avons besoin de toi !

1. Victor Hugo, *L'Antéchrist*.

— Personne, dit-il en essuyant les larmes de ses yeux à présent clos, n'a jamais eu besoin de moi. Je n'ai été indispensable… à personne.

En entendant ces mots, Victor sut qu'il ferait tout pour sauver ce pauvre garçon.

— Le Souverain des Ténèbres saura te donner ta juste place, mon enfant…

Victor tenta alors ce qu'il pensait possible depuis que la sensation de légèreté était revenue. Il ferma les yeux, inspira et n'eut bientôt plus l'impression de toucher terre. Il s'imaginait flotter au-dessus de Lilith et réussit à se concentrer sur H.I.D malgré un début de vertige. Soudain une folle sensation de chute survint. Et quand il rouvrit les yeux, son corps était celui d'Hector-Ingmar Delatour !

Sans recourir au sortilège d'Amorgen, Victor d'Aboville, l'enfant passe-muraille, venait d'utiliser sciemment son don !

Il s'empressa alors d'avancer la main de H.I.D vers le tryskel… qui cette fois ne disparut pas. Comme son père, l'adolescent venait de remporter le Countryskel Fantôme !

Mademoiselle Viande/Victor envisagea avec défiance cet inattendu vainqueur.

— Tu n'es pas digne de nous ! affirma-t-elle.

Fier de lui, Victor regagna le corps de Lilith et guetta la réaction de H.I.D. L'adolescent hésita, considéra le tryskel qu'il tenait dans sa main, jeta un regard furtif vers Victor/Lilith, puis se mit à achever son serment… en prenant soin de croiser dans son dos son index et son majeur !

— Je m'engage à servir ce héraut du suprême mystère.

— Non ! s'exclama Dimitri.

— Pour que l'ère de la Compétition Guerrière sonne sa pleine gloire.

« *Et que son règne ici-bas n'ait pour dernière heure*

« *Que l'heure de l'éternité.*

Dimitri pesta, dépité par cet engagement morbide, tandis que Victor/Lilith observait H.I.D, refusant de croire à cette apparente fuite en avant.

— Bien, reprit mademoiselle Viande/Victor. Maintenant que notre armée est agrandie, commençons notre jeu déchaîné des chaises musicales. Cher Victor, je te propose de libérer le corps de ton amie. Le Cueilleur d'âmes s'impatiente.

— Jamais !

En entendant ce projet, Dimitri brandit son épélastique et courut vers mademoiselle Viande/Victor. Celle-ci déploya aussitôt une épélastique électrolysée, différente de celle qui avait protégé Victor, mais assez efficace pour trancher en deux l'arme de Dimitri. D'un geste sûr, elle plaça ensuite la lame sous son propre bras.

— Ou tu files dans le corps de ce crétin, dit-elle en désignant H.I.D, ou je commence par te couper un bras !

— Quoi ? s'offusqua H.I.D.

— Allons, d'Aboville, un corps beau et athlétique à la place du tien, bel échange non ? Tu as été surprenant tout au long de cet été, le Cueilleur d'âmes te fera une place de choix. Je sais que tu ne maîtrises pas ton don, mais même un passe-muraille inapte comme toi peut s'incarner dans un damné comme lui s'il prononce une simple formule. Répète après moi. *Volo me incarnari in Hector-Ingmar Delatour…*

Paniqué, Victor mesura sa faible marge de manœuvre. Comment se dépêtrer de cette situation ? Comme une évidence, son regard croisa alors le bord de la falaise. Il s'y avança.

— Que fais-tu ? vociféra mademoiselle Viande/Victor.

Le souffle court, Victor/Lilith contempla le vide devant lui. S'il sautait maintenant, il tuerait l'Hôte Parfait, Puissant et Unique, comme l'annonçait l'oracle. Alors le Cueilleur d'âmes ne pourrait s'incarner et l'ère de la Coopération Éclairée aurait une chance d'advenir.

— Victor, je t'en prie, implora Dimitri, ne fais pas ça !

Touché par ce cri du cœur, Victor pensa à son père, au désespoir qu'il aurait de ne plus revoir son fils, puis à Lilith qui méritait tellement mieux que cette fin violente. Oui mais… si la prophétie disait vrai ? Ce sacrifice ne serait rien à côté de l'avenir de l'humanité.

— Tu nous as tous impressionnés ! s'emballa mademoiselle Viande. Coopère et tu pourras te venger de ceux qui t'ont fait du mal. De cette horrible Véronique par exemple, qui te méprise tant…

À toute vitesse, mademoiselle Viande explorait la mémoire du corps de Victor.

— De ce Kevin qui ne pense qu'à t'humilier, ou même de ce frère qui a si honte de toi !

À ces mots, Victor/Lilith aventura un peu plus son pied sur le bord de la falaise, et chacun retint son souffle. L'agitation de ces sentiments haineux lui faisait si mal que le vide qu'il avait craint toute sa vie lui apparaissait soudain comme une zone de fuite possible, une zone aussi effrayante… qu'attirante !

Il manqua de glisser et se rééquilibra de justesse. Un vertige monta en lui. Il chercha du regard un endroit fixe où se raccrocher et aperçut un moineau posé sur la cime de l'arbre auréolant le dolmen.

— Peut-être que l'oiseau aussi a peur du vide le jour de son premier envol, songea-t-il. La peur du vide, la peur des autres, la peur du monde…

Et sans réfléchir, alors qu'il était près de tomber de la falaise, il lança le corps de Lilith vers la pelouse et s'incorpora dans l'oiseau.

Tétanisé par le vide, l'oiseau/Victor tomba aussitôt de sa branche. Sa courte vie défila devant ses yeux et il eut le temps de ressentir que l'âme isolée qu'il avait toujours cru être faisait partie d'un Tout beaucoup plus vaste. Peut-être était-ce cela, un passe-muraille, une âme sans frontière se sachant appartenir à la Grande Âme du monde.

La peur, dès lors, avait-elle encore sa place ?

Et à un mètre du sol, il réussit à déployer ses ailes et à s'envoler sans plus trop savoir où étaient le ciel et la terre. C'en était fini du vertige !

Grisé par la sensation du vol, il faillit même en perdre son objectif. Il se vit un instant en *Big Vic* piquant sur le terrible professeur Rackelboom puis, se reprenant, repéra mademoiselle Viande/Victor et plongea sur ses lunettes. Le choc fut si violent qu'elles volèrent à plusieurs mètres. Mademoiselle Viande/Victor les chercha à tâtons en vociférant :

— Vous allez me le payer !

H.I.D profita de son désarroi pour venir l'étrangler avec son bras musclé.

— Fuyez ! clama-t-il à Lilith qui, chancelante, venait enfin de reprendre possession de son corps.

Mademoiselle Viande/Victor déclencha son épélastique et H.I.D eut juste le temps de lui plaquer le bras au sol.

— On fait quoi ?! hurla Dimitri.

— C'est le corps de Victor, répondit Lilith, on ne peut pas l'abandonner !

L'attention de la jeune médium fut alors captée par le dolmen.

— Ici, il y a quelqu'un.

Elle se tourna vers le moineau qui virevoltait près de la lutte menée par H.I.D.

— Victor ! s'exclama-t-elle en désignant l'intérieur du dolmen.

L'oiseau/Victor s'engouffra dans le monument tandis que le bouclier de l'épélastique se déployait et éjectait H.I.D.

Mademoiselle Viande/Victor attrapa ses lunettes et se releva en reprenant son souffle, furibonde.

— Tu vas me le payer, sale merdaillon ! *Subito morte maledicti !!* vociféra-t-elle en direction de H.I.D.

Mais à sa grande surprise, rien ne se produisit.

— Tu ne meurs pas ?! Mais tu as prêté serment !

— Vraiment ? la défia H.I.D en montrant ses index et majeurs croisés.

La passe-muraille brandit alors son épée pour frapper le félon lorsqu'elle aperçut...

Son propre corps sortir en courant du dolmen !

— Nooon !! hurla-t-elle en voyant sa carcasse, pilotée par Victor, se diriger droit vers le bord de la falaise.

Mais cette fois Victor n'hésita pas et sauta dans le vide les bras en avant, comme si le corps de sa nouvelle hôte allait réellement s'envoler. H.I.D, Lilith et Dimitri en restèrent sidérés. Et dans un silence fascinant, le corps de Victor s'écroula.

— Il est mort ! s'affola Dimitri.

Lilith hésita avant d'affirmer :

— Non, c'est mademoiselle Viande qui est morte.

— Mais lui aussi ! S'il était dans son corps, il est mort avec elle !! insista Dimitri.

À cet instant, le chant du moineau se fit entendre près du bord de la falaise. L'oiseau virevolta gaiement en piaillant, puis vint se poser près d'eux.

— Il est vivant ! s'émerveilla Lilith.

Le corps de Victor se remit alors à bouger.

— Victor ! C'est bien toi, Victor ? demanda Dimitri en le secouant.

Le jeune garçon rouvrit les yeux, mais ne répondit pas tout de suite. Il contempla un instant ses bras, toucha son visage avec ses mains, puis son ventre.

— Je crois que j'ai besoin d'une collation ! finit-il par dire en prenant l'accent précieux de mademoiselle Viande.

Seule Lilith ne se laissa pas avoir et explosa de rire.

— Vous verriez votre tête !

Hilare, Victor serra ses amis contre lui.

— Eh, doucement, grogna Dimitri.

Victor fonça alors vers le dolmen…

— Non mais je voulais pas te vexer, regretta Dimitri, tu peux me serrer autant que tu…

Victor ressortit du monument funéraire en ajustant fièrement sur sa tête la casquette qu'il venait de récupérer.

— Mon corps, j'ai retrouvé mon corps ! dit-il en sautillant de joie. J'ai retrouvé mon corps !

— Il y en a une qui a dû regretter de retrouver le sien… ajouta H.I.D.

— Oui, il faut l'appeler Steak Haché à présent, renchérit Dimitri, mademoiselle Steak Hachée !

H.I.D s'approcha de Victor en lui tendant le tryskel.

— Il est à toi, d'Aboville, c'est toi qui l'as gagné.

— J'ai peut-être été le coach, mais c'est toi qui l'as saisi.

H.I.D hésita, puis insista :

— Seul un enfant souhaitant sincèrement attraper le tryskel pour quelqu'un d'autre avait une chance d'y arriver. C'est ce que mon père a fait pour les pauvres de sa ville… C'est ce que j'ai été incapable d'accomplir, et c'est ce que toi tu as réussi. TU as remporté le Countryskel.

Laissant résonner les paroles de H.I.D, Victor comprenait mieux celle d'Amorgen, qui avait prévenu que le vrai sens du collectif était la clé de cette épreuve. Perturbé par ce qu'il venait de réaliser par instinct, il accepta le tryskel.

— Je n'ai été qu'un sale type, affirma H.I.D, et tu m'as sauvé la vie. J'espère te rendre la pareille.

— À vrai dire, moi, j'espère ne plus trop la risquer, ma vie…

# Chapitre 13

## Les vainqueurs

La suite de la journée ressembla à un rêve éveillé pour Victor d'Aboville. L'île entière exultait, car quelqu'un venait de remporter le Countryskel Fantôme, ce qui n'était pas arrivé depuis trente ans. Victor, officiellement revenu sur l'île dans la journée, fut porté en triomphe, surtout par les Brise-Lames à qui le règlement conférait le bonus de l'épreuve. Victor avait en effet saisi le tryskel *pour* H.I.D et les vingt points revenaient donc logiquement à l'équipe de ce dernier. Les Spinnakers n'en voulurent cependant pas à Victor, car ils avaient compris que la victoire n'était vraiment pas le but de ces Jeux. De plus, il leur restait dix minutes pour finir en beauté leur dernier match, et ils comptaient en profiter.

Dans l'euphorie du moment, Victor reprit sa place dans la zone d'escrime délaissée par un Anatole à bout de forces. Une fois l'aquaballe éjectée de l'aquabut, il ne dut pas attendre longtemps pour entrer en action. Après une réception douteuse, Marco plongea tête la première sur l'aquaplane, glissa sur quelques mètres et, menacé par deux Tapeculs, préféra botter en touche.

Victor brandit aussitôt son épélastique face au garçon très vif qui avait dominé Anatole à chaque joute. Le Tapecul tenta une attaque par-derrière, que Victor esquiva façon matador, en tournant le dos à son adversaire. Puis, dans la foulée, il lança le fouet de son épélastique et toucha son bras en revers. La touche fut ainsi remportée sous les applaudissements d'un public hystérique.

— Vive d'Artaboville ! hurla Marco.

Victor relança l'aquaballe sur le terrain et, trente secondes plus tard, les Spinnakers reprirent l'avantage.

La fin du temps réglementaire se déroula ainsi, galvanisée par le retour de Victor d'Aboville, l'enfant qui avait manqué la préparation des Jeux, mais remporté le Countryskel. Les Spinnakers marquèrent trois buts et gagnèrent leur sixième et dernier match sur le score de 25 à 22.

Victor était aussi heureux qu'incrédule. Après toutes ces épreuves, non seulement il avait retrouvé son corps qu'il chérissait à présent, mais il venait en plus de briller dans ces célèbres jeux.

Pourtant, un suspense perdurait quand Amorgen prit la parole pour annoncer les résultats finaux. Dans un silence religieux, villageois et enfants de la Colonie l'écoutèrent proclamer la victoire des Génois par 139 buts cumulés sur leurs six matchs. Derrière eux, les Brise-Lames arrivaient deuxièmes avec 137 buts, suivis des Spinnakers (135) et des Cunninghams (134).

— Néanmoins, poursuivit Amorgen, après délibération du jury, les Spinnakers se voient accorder le bonus fair-play et les Cunninghams le bonus humour, soit cinq points supplémentaires pour chaque équipe !

Les Spinnakers exultèrent. Victor se retrouva porté par ses équipiers, car il était clairement à l'origine du bonus fair-play avec le Countryskel.

— Les Spinnakers passeraient donc en tête avec 140 points, reprit Amorgen. Mais avec le Countryskel, les Brise-Lames prennent vingt points de bonus et arrivent au score de 157 !

Les Brise-Lames commencèrent à parcourir le stade en hurlant de joie sous les applaudissements du public. H.I.D fit de même après avoir mis Victor sur ses épaules. Leur victoire était la sienne, et tous le savaient.

— Cependant, conclut Amorgen, avec l'air malicieux de celui qui aime les rebondissements, dix points de malus reviennent également aux Brise-Lames, ce qui ramène le score à 147 points.

Dans un coup de sang, Ludo avait à moitié assommé Sung Shoel lors de leur match. Il se fit aussi petit qu'une (grosse) souris, mais ses équipiers le fusillèrent du regard.

— Pour sept points, les Brise-Lames restent cependant en tête du classement et remportent les 196$^{es}$ Jeux déchaînés !

L'hystérie s'empara du stade et Amorgen dut élever la voix pour achever son discours.

— Mes enfants, pour conclure ces Jeux, je vous rappelle qu'en quittant cette île vous oublierez les phénomènes surnaturels que vous avez connus.

Une vague de déception refroidit les enfants.

— Néanmoins souvenez-vous, si la magie extérieure est toujours une surprise pour l'esprit obtus, elle n'est que clin d'œil pour le cœur ouvert qui sait que la vraie magie se trouve en chacun. Et pour le découvrir un peu plus, j'ai le plaisir de vous informer que ceux qui en ont besoin seront conviés cet hiver aux 197es Jeux déchaînés !

L'allégresse déclenchée par cette annonce fut encore plus grande que celle ayant suivi l'annonce des résultats…

Le soir, la fête de clôture eut lieu sur la plage du *Beltaine*. Selon la tradition, la poêle-trampoline était de sortie pour le plus grand plaisir des enfants et des villageois. La coutume voulait que ce soient les vainqueurs qui y lancent en premier leurs légumes. Quand ces derniers étaient grillés, ils rebondissaient sur la poêle ardente et chacun pouvait les attraper au vol grâce à son raquette-caquelon.

Le dessert fut servi en personne par Jaoba, qui avait bien besoin de s'occuper pour éloigner le souvenir de sa déloyale égérie. Le capitaine tenait un plateau en argent sur lequel se trouvaient des miniflans à la pistachouette (sorte de pistache qui pétillait en bouche). Cette pâtisserie suffisait en soi à ravir les enfants, mais l'animateur en chef avait en plus, malgré la désapprobation de Mamourousse, décidé d'une distribution exotique. Il passait de table en table et laissait sa mana lancer les miniflans dans la bouche ouverte des enfants. Plus d'un dut se lécher les babines pour récupérer un flan qui entrait « en pétillage » (terme désignant le début de l'effervescence du flan), ce qui ne manquait jamais de faire rire leurs voisins.

De son côté, Aïfé célébrait la fin des Jeux en formant avec son jet d'eau le visage de chaque enfant. Ce spectacle, avec la lune en arrière-plan, ne laissa personne insensible.

Assis sur la hune du mât de misaine, Lilith, Dimitri et Victor avaient le cœur serré à l'idée de devoir se quitter le lendemain. Ils observaient H.I.D signer des autographes, racontant ici ou là combien sa victoire ne faisait qu'honorer son célèbre père.

— Je ne sais pas si tu as bien fait de la jouer grand prince, dit Dimitri, les joues écrasées entre ses poings.

— Hum… Hector-Ingmar fanfaronne et Lilith reste en danger, regretta Victor tout en reluquant l'impressionnante médaille du Countryskel qu'il portait autour du cou (un tryskel en lave noire d'environ dix centimètres ornée d'une pierre bleue à chaque extrémité).

— Je suis moins en danger qu'avant, répondit la jeune fille en mettant une main sur l'épaule des deux garçons. Maintenant j'ai deux gardes du corps ! Dont un qui me connaît très bien…

— Je te jure que j'ai rien fait ! s'effaroucha Victor.

Lilith haussa les épaules.

— Mon corps n'est pas ma plus grande préoccupation…

— En tout cas, moi, je suis bien content d'avoir retrouvé le mien et de pouvoir revoir mon père.

— Je me suis permis de lui donner quelques nouvelles pendant l'été.

Les enfants se retournèrent et poussèrent un cri de joie.

— Amorgen !

— Je m'en serais voulu si un parent s'était fait trop de mouron, ajouta le vieux sage.

— Mais dites, demanda Dimitri, qu'allez-vous faire pour protéger ma sœur ? Elle risque toujours le pire !

— Oui, admit-il d'un ton rassurant, elle et Victor sont à protéger, mais les 66 jours suivant le solstice d'été s'achèvent, et avec eux la porte vers les autres mondes se referme… jusqu'au solstice d'hiver !

— Super, donc on est en sursis.

— Cette fois, l'ennemi n'aura pas de coup d'avance. Et faites-moi confiance, même à mon âge, je suis encore capable d'apprendre. Moi aussi je vais placer mes pions…

Les trois enfants acquiescèrent en espérant que le Cueilleur d'âmes apprendrait moins vite qu'Amorgen.

— N'empêche que, si mademoiselle Viande n'avait pas craint que Lilith meure avec moi quand j'étais dans son corps, je ne serais plus là aujourd'hui… réalisa Victor.

L'air avisé, Amorgen se pencha vers lui.

— Un destin ne s'écrit pas seul, jeune d'Aboville, il est la conjoncture d'une myriade de facteurs qui pour la plupart nous dépassent. Tu aurais pu mourir, mais tu es vivant, car les forces en présence, visibles et invisibles, en ont décidé ainsi.

Lilith et Dimitri approuvèrent.

— Quand je pense que j'ai soupçonné la pauvre Kivy alors que c'était mademoiselle Viande qui la manipulait pour faire ses coups en douce !

— Là et en bien d'autres occasions, renchérit Amorgen. À votre arrivée sur l'île, je pense que c'est elle qui a poussé Mamourousse à mettre le feu dans sa cuisine pour faire diversion et éviter que les animateurs ne voient le signal de l'omnibus. Pendant ce temps, Fintan ensorcelait probablement la douanière avant que vous ne débarquiez…

Victor frissonna en repensant à tous ces épisodes et demanda ce que mademoiselle Viande/Kivy cherchait dans la cabine de Jaoba quand il l'avait surprise en train de fouiller.

— Cette cabine fut la mienne bien avant celle de Jaoba, répondit Amorgen, songeur. Il est fort à parier qu'elle y cherchait de quoi me nuire.

— Votre cabine ? insista Lilith.

— Eh oui, dans une autre vie, répondit le vieux sage avec un clin d'œil.

— Nous allons recevoir de nouvelles pièces-invitations cet hiver ? s'inquiéta Victor.

— Tout à fait, mais tout le monde n'en recevra pas. Il faut avoir moins de dix-sept ans pour avoir une chance de venir ici, et un cœur qui en ait encore vraiment besoin. Beaucoup d'autres enfants méritent de venir.

En observant la phrase-spirale sur sa propre pièce, Victor ne put s'empêcher de calculer qu'en théorie, si son cœur et sa destinée en avaient besoin, il aurait le temps de revenir pas mal de fois…

— Il y a partout des spirales ici !

— La spirale représente l'évolution, mon cher Victor, la progression à la fois circulaire et ascensionnelle. Ainsi vos cœurs s'alourdissent par des vibrations lourdes comme la peur et s'élèvent par des vibrations subtiles comme l'amour. Ainsi l'humanité essaie de quitter l'ère de la Compétition Guerrière pour cheminer vers l'ère de la Coopération Éclairée…

Les trois enfants laissèrent un instant résonner les paroles du vieux sage, puis Amorgen posa ses mains sur les épaules de Lilith et de Victor.

— Mais pour l'heure, je vous propose de cheminer vers la danse-spirale !

Sur la plage, les animateurs et les enfants tournaient déjà sur eux-mêmes au rythme de la mélodie hypnotique d'Akuti. Chacun virevoltait, les yeux fermés ou ouverts sur le ciel, dans une danse envoûtante de tournoiements. Lilith et Dimitri se mêlèrent au groupe en embarquant avec eux un Crunchion encore ému des petits cadeaux improvisés des enfants. Victor tournoya lui aussi entre Mamourousse, Jaoba, Kivy, Titi et les autres animateurs, jusqu'à avoir le tournis et chuter dans le sable.

Rouvrant les yeux, il distingua la Voie lactée par-delà les mouvements de danse de ses camarades. Une étoile filante traversa le ciel et lui rappela son destin : lui, le dernier enfant passe-muraille, restait lié à une bien sinistre prophétie. Et alors que l'angoisse affleurait, Lilith lui tomba dessus, ivre de danse et de joie. Victor la contempla tandis qu'elle reprenait son souffle et son équilibre.

— Allez, viens, d'Aboville ! Dansons jusqu'à la lune !

La jeune fille le releva en lui prenant les mains et ils se mirent à tourner en riant comme jamais. Dimitri les rejoignit pour former une ronde, suivi de H.I.D et de bien d'autres. Et effectivement, ce soir-là, beaucoup dansèrent jusqu'à la lune.

À SUIVRE...

## Remerciements

Noémie Alexandre, une petite fée que Victor a heureusement croisée…

Mon éditeur, Celui-Qui-Porte-Victor aux yeux et aux cœurs des lecteurs…

Edmond P. Roy

Psychologue devenu réalisateur, Edmond P. Roy transforme ses observations en émotions cinématographiques. En 2019, il a eu besoin de s'affranchir des compromis de l'écriture scénaristique et de s'aventurer dans la littérature jeunesse. Il a alors composé *Victor d'Aboville et l'île des passe-murailles* en suivant son envie de surnaturel, d'humour et d'aventures. Une série est ensuite née, aussi joyeuse que déchaînée, destinée aux 9-12 ans… et plus puisque même les adultes l'adorent !

## Tristan Brard

Tristan, né le 25 juin 1990, est un artiste illustrateur captivé par l'art visuel depuis son enfance. Sa créativité l'a conduit vers une carrière dans l'animation et l'illustration, où il a eu la chance de collaborer avec différents studios. Ce qui le distingue, c'est sa motivation à raconter des histoires captivantes et à susciter des émotions sincères à travers ses dessins. Tristan est également passionné par la nature et l'aventure, ce qui influence son art.

# Table des matières


1. Crunchion ........ 7
2. Une nuit quasi normale ........ 27
3. L'archer du cœur et les vents foufous ........ 33
4. Hector-Ingmar Delatour et la prophétie ........ 41
5. La Fête des 40 jours ........ 53
6. Émois ........ 63
7. Le bluff du Marché Caché ........ 77
8. L'Hôte Parfait, Puissant et Unique ........ 91
9. La véritable mort de Laura d'Aboville ........ 99
10. Le druide Fintan ........ 117
11. Les Jeux déchaînés ........ 125
12. Le Countryskel Fantôme ........ 143
13. Les vainqueurs ........ 157

Remerciements ........ 167

Edmond P. Roy ........ 169

Tristan Brard ........ 171

Reproduit et achevé d'imprimer en juin 2024
par Abedik, en Pologne,
pour le compte de Gulf stream éditeur,
31, rue Alfred-Riom, 44100 Nantes
www.gulfstream.fr

Dépôt légal 1re édition : août 2024